> Eu acho que as regras eram diferentes lá. Tudo estava relacionado à ciência, mas a ciência era mágica. Não importava se algo *podia* ser feito. Importava se *deveria* ou não ser feito, e a resposta era sempre, sempre *sim*.

— JACK WOLCOTT

# ENTRE GRAVETOS E OSSOS

VOLUME 2 DA SÉRIE *CRIANÇAS DESAJUSTADAS*

# SEANAN McGUIRE

# ENTRE GRAVETOS E OSSOS

VOLUME 2 DA SÉRIE *CRIANÇAS DESAJUSTADAS*

TRADUÇÃO
CLÁUDIA MELLO BELHASSOF

Copyright © 2016 Seanan McGuire
Este livro foi negociado com Ute Körner Literary Agent, Barcelona – www.uklitag.com e Books Crossing Borders Inc.

Título original em inglês: DOWN AMONG THE STICKS AND BONES

Direção editorial: VICTOR GOMES
Coordenação editorial: GIOVANA BOMENTRE
Tradução: CLÁUDIA MELLO BELHASSOF
Preparação: VICTOR ALMEIDA
Revisão: BRUNO ALVES
Projeto gráfico e Adaptação de capa: MARINA NOGUEIRA
Design de Capa: FORT
Imagens de capa: © GETTYIMAGES
Diagramação: DESENHO EDITORIAL

ESSA É UMA OBRA DE FICÇÃO. NOMES, PERSONAGENS, LUGARES, ORGANIZAÇÕES E SITUAÇÕES SÃO PRODUTOS DA IMAGINAÇÃO DO AUTOR OU USADOS COMO FICÇÃO. QUALQUER SEMELHANÇA COM FATOS REAIS É MERA COINCIDÊNCIA.

TODOS OS DIREITOS RESERVADOS. PROIBIDA A REPRODUÇÃO, NO TODO OU EM PARTES, ATRAVÉS DE QUAISQUER MEIOS. OS DIREITOS MORAIS DO AUTOR FORAM CONTEMPLADOS.

DADOS INTERNACIONAIS DE CATALOGAÇÃO NA PUBLICAÇÃO (CIP)

M478e McGuire, Seanan
Entre gravetos e ossos/ Seanan McGuire; Tradução Cláudia Mello Belhassof. - São Paulo: Editora Morro Branco, 2019. p. 184: 14x21cm.
ISBN: 978-85-92795-59-7
1. Literatura americana – Romance. 2. Ficção americana. I. Belhassof, Cláudia Mello. II. Título.
CDD 813

TODOS OS DIREITOS DESTA EDIÇÃO RESERVADOS À:
EDITORA MORRO BRANCO
Alameda Santos, 1357, 8º andar
01419-908 – São Paulo, SP – Brasil
Telefone (11) 3373-8168
www.editoramorrobranco.com.br

Impresso no Brasil
2019

*Para Meg*

# PARTE 1

# JACK E JILL:

# A COLINA

# É O INÍCIO

＃ 1

## A PERIGOSA SEDUÇÃO
## DOS FILHOS DE
## OUTRAS PESSOAS

As pessoas que de fato conheciam Chester e Serena Wolcott apostariam que o casal nunca teria filhos. Em nenhuma estimativa razoável seriam considerados do tipo paternal. Chester gostava do silêncio e da solidão enquanto trabalhava no escritório de casa, e via qualquer desvio da rotina como um distúrbio enorme e imperdoável. Filhos seriam mais do que um leve desvio da rotina. Filhos seriam a ruptura definitiva da rotina. Serena gostava de cuidar do jardim, de participar do conselho de diversas instituições elegantes e sem fins lucrativos e de pagar outras pessoas para manter sua casa impecável. Filhos eram bagunças ambulantes. Eram petúnias pisoteadas e bolas de beisebol atravessando as janelas panorâmicas. Portanto, não tinham espaço no mundo cuidadosamente bem-ordenado que os Wolcott habitavam.

O que as pessoas que de fato os conheciam não sabiam era que os sócios do escritório de advocacia de Chester levavam os filhos para o trabalho, pequenos clones dos pais usando ternos adequados à idade, futuros reis do mundo com sapatos perfeitamente lustrados e vozes perfeitamente moduladas. Cada vez mais invejoso, Chester observava os sócios juniores serem enaltecidos por levarem fotos dos filhos dormindo. Por quê? Por se reproduzirem! Algo tão simples que qualquer animal no campo era capaz de fazer!

Ele começou a sonhar com menininhos bem-educados, com o cabelo dele e os olhos de Serena, os paletós abotoados *com perfeição*, os sócios radiantes com a prova de que ele era um bom homem de família.

O que as pessoas que de fato conheciam Chester e Serena Wolcott não sabiam era que as mulheres na direção dos conselhos de Serena às vezes traziam as filhas às reuniões, pedindo desculpas por babás incompetentes ou indispostas, enquanto se gabavam em segredo quando todas corriam para fazer "ooh" e "ahh" para as lindas bebês. Elas eram um jardim em si, aquelas filhas privilegiadas com vestidos de renda e tafetá, e passavam as reuniões e chás da tarde brincando em paz na ponta do tapete, arrumando os bichos de pelúcia e dando biscoitos imaginários para as bonecas. Todos adoravam elogiar aquelas mulheres pelos seus sacrifícios. Por quê? Por terem um bebê? Algo tão fácil que as pessoas faziam desde o início dos tempos!

À noite, ela começou a sonhar com menininhas muitíssimo calmas, com a boca dela e o nariz de Chester, os vestidos com explosões de adornos e babados, as mulheres desdobrando-se para serem as primeiras a dizer como sua filha era maravilhosa.

Este, perceba, é o verdadeiro perigo das crianças: todas são armadilhas, cada uma delas. Uma pessoa pode olhar para o filho de outra pessoa e ver apenas a superfície, os sapatos brilhosos ou os cachos perfeitos. Elas não veem as lágrimas e os acessos de raiva, as noites prolongadas, as horas sem dormir, a preocupação. Elas também não veem o amor, não de verdade. De fora pode ser fácil acreditar que são objetos, bonecos projetados e programados pelos pais para se comportarem de um jeito, seguindo um conjunto de regras. Quando se está nas fronteiras imponentes da vida adulta, é fácil não lembrar que todo adulto já foi uma criança, com ideias e ambições próprias.

É fácil, afinal, esquecer que as crianças são pessoas e que as pessoas fazem o que fazem e que se danem as consequências.

Foi pouco depois do Natal – rodada após rodada de intermináveis festas do escritório e eventos de caridade – que Chester virou-se para Serena e disse:

— Tem uma coisa que eu gostaria de discutir com você.

— Quero ter um bebê — respondeu ela.

Chester parou. Era um homem disciplinado com uma esposa disciplinada, levando uma vida comum e disciplinada. Não estava acostumado a ser tão aberto em relação aos desejos dela ou, na verdade, a ter desejos. Isso era consternador... e, para ser sincero, um pouco empolgante.

Por fim, ele sorriu e disse:

— Era exatamente isso que eu queria conversar com você.

Há pessoas neste mundo — pessoas boas, honestas e trabalhadoras — que desejam mais que tudo ter um bebê. Elas tentam durante anos e anos conceber uma criança... sem o menor sucesso. Há pessoas que precisam consultar médicos em consultórios pequenos e estéreis, ouvindo declarações apavorantes sobre quanto vai custar para começarem a ter esperança. Há pessoas que precisam fazer expedições, perseguindo o vento norte para pedir orientações de como chegar à Casa da Lua, onde os desejos podem ser concedidos, se a hora for correta e a necessidade for importante o suficiente. Há pessoas que tentam, tentam e tentam e não conseguem nada com seus esforços além de um coração partido.

Chester e Serena subiram para o quarto, para a cama que compartilhavam. Chester não usou camisinha e Serena não o lembrou de colocá-la, e foi isso. Na manhã seguinte, ela parou de tomar a pílula. Três semanas depois, sua menstruação – disciplinada e pontual como todo o resto da vida dela desde os doze anos – atrasou. Duas semanas depois disso, Serena estava em um pequeno consultório branco enquanto um homem gentil com jaleco branco comprido anunciou que ela seria mãe.

— Quanto tempo até podermos ter uma imagem do bebê? — perguntou Chester, já se imaginando ao mostrar as ultrassonografias para os homens do escritório, com o maxilar forte e o olhar distante, como se estivesse perdido em devaneios em que brincava de jogar bola com o futuro filho.

— Sim, quanto tempo? — perguntou Serena.

As mulheres com quem ela trabalhava sempre davam gritinhos e ficavam emocionadas quando alguém chegava no grupo com uma ultrassonografia para passar de mão em mão. Como seria bom enfim ser o centro das atenções!

O médico, que já tinha lidado com uma boa quantidade de pais ansiosos, sorriu.

— Você está com mais ou menos cinco semanas de gravidez — explicou ele. — Em circunstâncias normais, não recomendo uma ultrassonografia antes das doze semanas. Bem, esta é sua primeira. Sugiro aguardar um pouco antes de contar para todo mundo que está grávida. Tudo parece normal agora, mas ainda está muito no início, e vai ser mais fácil se você não tiver que contar algo diferente depois.

Serena pareceu perplexa. Chester ficou furioso. O fato de o médico sequer *sugerir* que sua esposa pudesse falhar na gravidez – algo tão simples que qualquer tola na rua era capaz de fazer – era ofensivo de tantas formas que ele não tinha palavras para retrucar. Mas o dr. Tozer tinha sido recomendado por um dos sócios da empresa com uma piscadela sagaz. E Chester simplesmente não via um jeito de trocar de médico sem ofender alguém tão importante.

— Doze semanas, então — disse Chester. — O que faremos até lá?

O dr. Tozer explicou. Vitaminas, alimentação e leitura, muita leitura. Era como se o homem esperasse que o bebê deles fosse o mais difícil da história, com todos os livros que recomendou. Porém eles leram, obedientes, como se estivessem seguindo todos os passos de um feitiço que invocaria a criança perfeita direto para os seus braços. Nunca discutiram se estavam esperando um menino ou uma menina; os dois sabiam com tanta certeza o que iam ter que parecia desnecessário. Assim, Chester ia para a cama todas as noites sonhando com o filho, enquanto Serena sonhava com a filha. E, por um tempo, ambos acreditavam que a paternidade era perfeita.

É claro que eles não ouviram o conselho do dr. Tozer de manter a gravidez em segredo. Uma notícia boa como aquela precisava ser compartilhada. Os amigos que nunca os viram como pais ficaram confusos, mas deram apoio. Os colegas que não os conheciam bem o suficiente para entender que era uma péssima ideia ficaram entusiasmados. Chester e Serena balançavam a cabeça e faziam comentários orgulhosos sobre aprender quem eram os "verdadeiros" amigos deles.

Serena ia às reuniões de conselho e sorria enquanto as outras mulheres diziam que ela estava linda, radiante, que a maternidade "lhe caía bem".

Chester ia para o escritório e descobriu que vários sócios apareciam "só para conversar" sobre a iminente paternidade, oferecendo conselhos e camaradagem.

Tudo estava perfeito.

Eles foram juntos à primeira ultrassonografia e Serena segurou a mão de Chester enquanto a enfermeira esfregava uma gosma azulada na barriga dela e deslizava o aparelho. A imagem começou a se desenvolver. Pela primeira vez, Serena sentiu uma pontada de preocupação. E se houvesse alguma coisa errada com o bebê? E se o dr. Tozer estivesse certo e a gravidez devesse ter sido mantida em segredo, pelo menos por um tempo?

— Então? — perguntou Chester.

— Vocês querem saber o sexo do bebê, certo? — perguntou a operadora.

Ele assentiu.

— Vocês têm uma menina perfeita — revelou ela.

Serena riu com prazer justificado, o som morrendo ao ver a cara feia de Chester. De repente, as coisas que não tinham discutido pareceram grandes o suficiente para encher o consultório.

A operadora ofegou.

— Estou ouvindo um segundo batimento.

Os dois olharam para ela.

— Gêmeos — disse a enfermeira.

— O segundo bebê é menino ou menina? — perguntou Chester.

A operadora hesitou.

— O primeiro está bloqueando a visão. — Ela foi evasiva. — É difícil dizer com certeza...

— Dê um palpite, então — pediu Chester.

— Não é ético eu dar um palpite nesse estágio — disse a operadora. — Vou marcar outra consulta para daqui a duas semanas. Os bebês se mexem no útero. Vamos ter uma visão melhor.

Eles não tiveram uma visão melhor. O primeiro bebê continuou teimosamente na frente e o segundo, teimosamente atrás. Assim, os Wolcott seguiram com suas vidas até a sala de parto. Marcaram uma indução agendada, é claro, com a data escolhida em comum acordo e marcada nas agendas dos dois, na esperança silenciosa de estarem prestes a ser pais de um menino e uma menina, completando o núcleo familiar na primeira tentativa. Ambos estavam levemente presunçosos com a ideia. Era um arroubo de eficiência, de criar a solução perfeita desde o início.

(A ideia de que os bebês se tornariam crianças e que as crianças se tornariam *pessoas* nunca lhes ocorreu. O conceito de que talvez a biologia não fosse um destino traçado e que nem todas as menininhas seriam belas princesas e nem todos os menininhos seriam soldados corajosos também não. As coisas poderiam ter sido mais fáceis se essas ideias indesejadas, mas inegavelmente importantes, tivessem passado pela cabeça deles. Infelizmente, estavam decididos e não tinham espaço para essas opiniões revolucionárias.)

O parto levou mais tempo do que planejado. Serena não queria uma cesariana, se pudesse evitar. Não queria a cicatriz nem a confusão, portanto empurrava quando mandavam empurrar e descansava quando mandavam descansar. Deu à luz a primeira filha às cinco para meia-noite do dia quinze de setembro. O médico passou o bebê para a enfermeira que a aguardava e anunciou:

— É uma menina! — E voltou a se dobrar sobre a paciente.

Chester, que agarrava-se à esperança de que o menino sairia primeiro e reivindicaria a posição privilegiada de primogênito, não disse nada. Segurava a mão da esposa e testemunhava seu esforço para dar à luz o segundo filho. O rosto dela estava vermelho, e os sons que emitia eram animalescos. Era um horror. Ele não conseguia imaginar uma circunstância em que voltaria a encostar nela. Não. Era bom eles terem os dois filhos de uma só vez. Assim, tudo estaria resolvido e acabado.

Um tapa, um choro. E a voz do orgulhoso médico proclamou:

— É outra menina saudável!

Serena desmaiou. Chester a invejou.

Mais tarde, quando Serena e Chester estavam em segurança no quarto particular, as enfermeiras perguntaram se eles queriam conhecer as filhas. Eles responderam que sim, é claro. Como poderiam dizer algo diferente? Agora eram pais e a paternidade vinha com expectativas. A paternidade vinha com *regras*. Se não cumprissem essas expectativas, seriam rotulados como inadequados aos olhos de todos que conhecem. E a consequências *disso*, bem... eram impensáveis.

As enfermeiras voltaram com duas coisinhas carecas de rosto cor-de-rosa que pareciam mais larvas ou duendes do que qualquer coisa humana.

— Uma para cada um. — A enfermeira piscou e deu a Chester um bebê bem embrulhado, como se fosse a coisa mais comum do mundo.

— Já pensaram nos nomes? — perguntou a outra enfermeira, entregando a segunda bebê a Serena.

— O nome da minha mãe era Jacqueline — disse Serena com cuidado, olhando para Chester.

Eles haviam discutido os nomes, um de menina e um de menino. Nunca tinham considerado a necessidade de dar nome a duas meninas.

— A esposa do nosso sócio principal se chama Jillian — disse Chester.

Ele podia dizer que era o nome da mãe dele, se fosse necessário. Ninguém saberia. Ninguém jamais saberia.

— Jack e Jill — disse a primeira enfermeira, com um sorriso. — Que fofo.

— Jacqueline e Jillian — corrigiu Chester com frieza. — Nenhuma filha minha vai ser chamada por algo básico e indigno como um apelido.

O sorriso da enfermeira desapareceu.

— Claro que não — disse ela, quando na verdade queria dizer "claro que vão" e "vocês logo verão".

Serena e Chester Wolcott tinham se transformado em presas da perigosa sedução dos filhos de outras pessoas. Iam descobrir os próprios erros em breve. Pessoas como eles sempre descobriam.

# 2

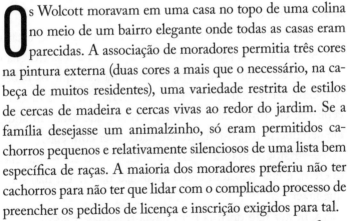

## PRATICAMENTE PERFEITA EM QUASE NADA

Os Wolcott moravam em uma casa no topo de uma colina no meio de um bairro elegante onde todas as casas eram parecidas. A associação de moradores permitia três cores na pintura externa (duas cores a mais que o necessário, na cabeça de muitos residentes), uma variedade restrita de estilos de cercas de madeira e cercas vivas ao redor do jardim. Se a família desejasse um animalzinho, só eram permitidos cachorros pequenos e relativamente silenciosos de uma lista bem específica de raças. A maioria dos moradores preferiu não ter cachorros para não ter que lidar com o complicado processo de preencher os pedidos de licença e inscrição exigidos para tal.

Toda essa conformidade era projetada não para sufocar, mas para confortar, permitindo que as pessoas que morassem ali relaxassem em um mundo perfeitamente ordenado. À noite, tudo era tranquilo. Seguro. Protegido.

Exceto, é claro, no lar dos Wolcott, onde o silêncio era dividido por berros saudáveis de dois conjuntos de pulmões em desenvolvimento. Serena estava sentada na sala de jantar, encarando de maneira inexpressiva os dois bebês que gritavam.

— Vocês tomaram mamadeira — informou a elas. — As fraldas foram trocadas. Eu andei com vocês pela casa enquanto as balançava e cantava aquela música horrorosa da aranha. *Por que* vocês ainda estão chorando?

Jacqueline e Jillian, que estavam chorando por um dos diversos motivos pelos quais os bebês choram – estavam com frio, estressadas, irritadas pela existência da gravidade –, continuavam berrando. Serena as encarava, consternada. Ninguém tinha dito a ela que bebês *choram* o tempo todo. Ah, havia comentários relativos a isso nos livros que lera, mas ela achava que eram apenas referências a péssimos pais que não conseguiam ter mão firme com a prole.

— Você não consegue calar essas crianças? — exigiu Chester atrás dela.

Serena não precisou virar-se para saber que ele estava em pé na porta, de pijama, fazendo cara feia para as três. Era como se, de alguma maneira, fosse culpa *dela* que os bebês pareciam ter nascido para gritar sem parar! Na hora de concebê-las, ele tinha sido cúmplice. Agora que estavam aqui, ele não queria ter absolutamente nada a ver com elas.

— Estou tentando — disse ela. — Não sei o que elas querem, e elas não têm como falar. Eu não... Eu não sei o que fazer.

Chester não dormia bem havia três dias. Estava começando a temer o momento em que isso teria impacto sobre seu trabalho e chamaria a atenção dos sócios, que colocariam suas capacidades paternais em cheque. Talvez por desespero, ou num momento de rara e impossível clareza, ele disse:

— Vou ligar para a minha mãe.

Chester Wolcott era o mais novo de três filhos: quando nasceu, os erros já haviam sido cometidos, as lições já tinham sido aprendidas, e seus pais já estavam confortáveis com o processo de paternidade. Sua mãe era uma mulher imperdoavelmente sentimental e nada prática, mas sabia fazer um bebê arrotar. Talvez, ao convidá-la agora, enquanto Jacqueline e Jillian eram pequenas demais para serem influenciadas por suas ideias em relação ao mundo, eles pudessem evitar de convidá-la depois, quando ela pudesse provocar algum dano real.

Serena normalmente teria discordado da ideia da sogra invadindo seu lar, desarrumando tudo. No entanto, com os bebês gritando e a casa desarrumada, tudo que ela pôde fazer foi assentir.

Chester fez a ligação no início da manhã.

Louise Wolcott chegou de trem oito horas depois.

Pelos padrões de todos, exceto pelo filho brutalmente sistemático, Louise era uma mulher organizada e disciplinada. Gostava que o mundo fizesse sentido e seguia as regras. Pelos padrões do filho, era uma sonhadora incorrigível. Ela achava que o mundo era capaz de ser gentil e que as pessoas eram boas em sua essência, só esperando uma oportunidade para demonstrar.

Ela pegou um táxi da estação ferroviária até a casa dos Wolcott, porque, é claro, buscar a mãe teria sido uma interrupção imperdoável na agenda já prejudicada de Chester. Ela tocou a campainha, porque, é claro, dar uma chave a ela não faria o menor sentido. Seus olhos se iluminaram quando Serena abriu a porta com um bebê em cada braço. Não percebeu que o cabelo da nora estava despenteado nem que havia manchas no colarinho dela. As coisas que Serena achava que eram as mais importantes no mundo não tinham relevância para Louise. Sua atenção estava totalmente concentrada nos bebês.

— *Olha só* vocês — exclamou ela, como se as gêmeas fossem objeto de uma perseguição global que durou anos. Ela entrou sem esperar ser convidada, colocando as malas ao lado do porta-guarda-chuvas (onde *não ajudavam* na decoração da casa) antes de estender os braços. — Venham para a vovó.

Serena normalmente teria discutido. Teria insistido em oferecer café, chá, um lugar para colocar as malas no qual ninguém tivesse que vê-las. No entanto Serena, assim como o marido, não tinha dormido uma noite inteira desde que voltara do hospital.

— Bem-vinda à nossa casa — disse ela e, sem cerimônia, largou os dois bebês nos braços de Louise antes de se virar e subir a escada. A batida da porta do quarto foi ouvida um segundo depois.

Louise piscou. Olhou para os bebês. Tinham parado de chorar enquanto a encaravam com olhos arregalados e curiosos. O mundo delas ainda era razoavelmente limitado, e tudo era novidade. A avó era a coisa mais nova de todas. Louise sorriu.

— Olá, queridinhas — disse ela. — Estou aqui agora.

E não foi embora nos cinco anos seguintes.

O lar dos Wolcott era grande demais só para Serena e Chester: eles se sacudiam ali como dois dentes num pote, esbarrando um no outro com pouca frequência. No entanto, com duas filhas em fase de crescimento e a mãe de Chester, a casa de repente parecia pequena demais.

Chester falou para os colegas de trabalho que Louise era uma babá, contratada por meio de uma empresa respeitável para ajudar Serena, que estava sobrecarregada e com dificuldade de atender às necessidades das gêmeas. Ele não a descrevia como uma inexperiente mãe de primeira viagem, mas uma mãe coruja que simplesmente precisava de um par extra de mãos para atender às necessidades das filhas. (A ideia de que ele poderia ter sido esse par de mãos nunca parecia surgir.)

Serena falou para as colegas do conselho que Louise era a mãe inválida do marido, procurando um jeito de ser útil enquanto se recuperava de diversas enfermidades não contagiosas. As gêmeas eram anjos perfeitos, é claro, ela não poderia ter desejado crianças melhores nem mais dóceis, mas Louise precisava de *alguma coisa* para fazer, e era sensato deixá-la brincar de babá por um tempinho. (A ideia de contar a verdade era apenas insuportável. Seria igual a admitir o fracasso, e os Wolcott não *fracassavam*.)

Louise contava histórias para Jacqueline e Jillian, dizia que eram inteligentes, que eram fortes, que eram milagres. Dizia para elas dormirem bem e secarem os olhos. Conforme as duas cresciam, ela lhes dizia para comerem vegetais e arrumarem os quartos e sempre, sempre dizia que as amava. Dizia que elas eram perfeitas do jeitinho que eram e que nunca precisariam mudar por ninguém. Dizia que elas iriam mudar o mundo.

Aos poucos, Chester e Serena aprenderam a distinguir as filhas. Jacqueline foi a primeira a nascer, e isso parecia ter roubado toda a sua coragem. Era a mais delicada das duas, deixando a irmã sempre ir na frente. Foi a primeira a aprender a ter medo do escuro e a pedir que deixassem a luz do abajur ligada à noite. Foi a última a largar a mamadeira e continuou chupando o dedo muito tempo depois de Jillian ter parado.

Jillian, por outro lado, parecia ter nascido com um déficit de bom senso. Não havia risco no qual ela não jogasse o próprio corpo, desde a escada até o fogão e a porta do porão. Começou a andar com a precipitação de algumas crianças, sem passar pelos estágios preliminares, e Louise gastara uma tarde inteira perseguindo-a pela casa, protegendo os cantos dos móveis, enquanto Jacqueline ficara confortavelmente deitada sob o sol, inconsciente do perigo com o qual a irmã flertava.

(Serena e Chester ficaram furiosos quando voltaram para casa de suas distrações diárias e descobriram que os móveis elegantes e escolhidos a dedo agora tinham cantoneiras macias de espuma. Louise teve que perguntar quantos olhos eles queriam que as filhas tivessem para convencê-los de que deviam deixar as proteções instaladas, pelo menos por enquanto.)

Infelizmente, com o reconhecimento veio o abandono. Gêmeas idênticas eram perturbadoras para boa parte da população: vesti-las com roupas parecidas e tratá-las como seres intercambiáveis pode parecer interessante quando são pequenas, mas, conforme envelheciam, isso começava a irritar. As meninas ficavam sujeitas a serem vistas como alienígenas ou erradas quando se pareciam demais. Culpem a ficção científica, culpem John Wyndham, Stephen King e Ira Levin. O fato era que eles precisavam distinguir as filhas.

Jillian era mais rápida, mais selvagem, mais bruta. Serena a levou ao salão e a menina voltou para casa com o cabelo bem curtinho. Chester a levou à loja de departamentos e a menina voltou para casa com a calça jeans de grife, tênis e um casaco que parecia volumoso demais para ela. Jillian, que estava prestes a fazer quatro anos e idolatrava os pais normalmente distantes como só uma criança sabe fazer, desfilou com as roupas novas para a irmã invejosa e de olhos arregalados, sem pensar no que significava elas finalmente parecerem diferentes para as outras pessoas ou para Vovó Lou, que era capaz de diferenciá-las desde o primeiro dia em que as pegou no colo.

Jacqueline era mais lenta, mais calma, mais cuidadosa. Chester deu a Serena seu cartão de crédito e ela levou a filha a uma loja saída de um conto de fadas, onde cada vestido tinha camadas como um bolo de casamento e era coberto por uma sucessão de rendas e laços e botões reluzentes, onde cada sapato era de couro verdadeiro e *brilhava*. Jacqueline, que era esperta o suficiente para perceber quando alguma coisa estava errada, voltou para casa vestida como em um livro de histórias, abraçou a irmã e chorou.

— Ela é tão molequinha! — exclamavam as pessoas quando viam Jillian.

Como Jillian era nova o suficiente para ser um moleque fofo, carinhoso e desejável, e não algo a ser julgado, Chester ficava radiante de orgulho. Ele não tivera um filho, mas havia ligas de futebol para meninas. Havia maneiras de ela impressionar os sócios. Uma filha durona era melhor do que um filho fraco.

— Ela é tão princesinha! — exclamavam as pessoas quando viam Jacqueline.

Como ela era tudo que a mãe sempre quis de uma filha, Serena escondia o sorriso atrás da mão, absorvendo o elogio. Jacqueline era perfeita. Ia crescer como as menininhas que tinham inspirado Serena a querer uma filha, só que melhor, porque eles não cometeriam nenhum dos erros que os pais inferiores cometiam.

(Nunca lhes ocorreu a ideia de que não tinham cometido nenhum erro como pais porque eles *nunca foram pais de verdade*. Para os dois, Serena era a mãe das meninas. Louise era, na melhor das hipóteses, uma babá; e, na pior, uma má influência. Sim, as coisas tinham sido difíceis antes de Louise chegar, mas só porque Serena estava se recuperando do parto. Ela teria entendido os truques necessários rapidamente, se não fosse por Louise roubando todas as honras. Teria, sim.)

As gêmeas começaram a frequentar uma pré-escola em meio período quando tinham quatro anos e meio, idade suficiente para se comportarem em público, fazerem as amizades certas e estabelecerem conexões ideais. Jillian, que era corajosa no confinamento familiar e apavorada com tudo relacionado ao mundo exterior, chorou quando Louise arrumou as duas para o primeiro dia. Jacqueline, que tinha uma mente infinitamente curiosa e ansiava por aprender mais coisas do que a casa poderia conter, não chorou. Ficou em silêncio e séria em seu vestido cor-de-rosa de babados com sapatos combinando, observando Vovó Lou acalmar a irmã.

A ideia de sentir ciúme não lhe ocorreu. Jillian agora recebia mais atenção, mas ela sabia que isso significava que, mais tarde, Vovó Lou encontraria uma desculpa para fazer alguma coisa só com Jacqueline, algo que seria exclusivo. Vovó Lou sempre sabia quando uma das gêmeas estava sendo deixada de lado e sempre fazia um esforço para compensar, para evitar tratamentos diferentes.

— Vai chegar um dia em que vocês só terão uma à outra. — Era o que ela dizia quando uma das duas reclamava da irmã. — Lembrem-se disso.

E assim elas foram para a pré-escola e ficaram juntas até os medos de Jillian serem aliviados pela professora, que tinha uma saia bonita e um sorriso bonito e cheirava a baunilha. Então, Jillian se soltou e correu para brincar com um grupo de meninos que tinham encontrado uma bola vermelha, enquanto Jacqueline foi para o espaço ocupado por meninas cujos belos vestidos eram apertados demais para permitir que fizessem algo diferente de ficar em pé admirando umas às outras.

Eram todas jovens. Eram todas tímidas. Ficavam no canto como um bando de pássaros coloridos e se entreolhavam pelos cantos dos olhos, observando enquanto as crianças mais barulhentas e mais livres rolavam e tropeçavam pelo chão. Se sentiam inveja, nenhuma delas mencionava.

Mas, naquela noite, quando voltou para casa, Jacqueline chutou o vestido para debaixo da cama, onde não seria encontrado por muito tempo, enquanto Jillian ficou escondida com os braços cheios de bonecas e recusou-se a falar com qualquer pessoa, até mesmo Vovó Lou. O mundo estava mudando. Elas não gostavam disso.

E não sabiam como fazer parar.

No quinto aniversário de Jacqueline e Jillian, as meninas ganharam um bolo com três andares, coberto de rosas roxas e cor-de-rosa e purpurina comestível. Houve uma festa no quintal com um castelo pula-pula e uma mesa coberta de presentes. Todas as crianças da pré-escola foram convidadas, junto com as crianças cujos pais trabalhavam na empresa de Chester ou faziam parte de um dos conselhos de

Serena. Muitas eram mais velhas que as gêmeas e formaram grupinhos nos cantos do quintal ou dentro de casa, onde não teriam que ouvir as crianças menores gritando.

Jillian adorou ter todos os amigos no próprio quintal, onde ela conhecia a topografia do gramado e a localização de todos os sprinklers. Ela corria como uma coisa selvagem, rindo e dando gritinhos agudos, e eles corriam com ela, porque era assim que os amigos tinham aprendido a brincar. A maioria era de meninos, pequenos demais para terem aprendido que meninas são contagiosas e "fora meninas". Louise observava da varanda dos fundos, franzindo um pouco a testa. Ela sabia como as crianças podiam ser cruéis e sabia que o papel de Jillian estava sendo forçado pelos pais. Dali a um ou dois anos, o fluxo das coisas ia mudar, e Jillian seria abandonada.

Jacqueline evitou participar daquilo, ficando perto da Vovó, preocupada em não sujar de terra o belo vestido, que tinha sido escolhido a dedo para o evento. Ela recebera instruções rígidas para mantê-lo mais limpo possível. Só não entendia por quê. Se Jillian ficava o tempo todo coberta de lama, por que eles não podiam lavar os vestidos dela? Devia ter um motivo. Sempre havia um motivo, e nunca era um que os pais conseguiam lhe explicar.

Chester cuidava do churrasco, demonstrando sua habilidade como chefe e provedor. Vários sócios estavam por perto, bebendo cerveja e conversando sobre o trabalho. Seu peito parecia que ia explodir de orgulho. Ali estava ele, o pai em seu próprio lar, e ali estavam elas, as pessoas para quem ele trabalhava, vendo como a família dele era impressionante. Serena e ele deviam ter tido filhos muito antes!

— Sua filha é uma guerreira, hein, Wolcott?

— É mesmo — disse Chester, virando um hambúrguer. (O fato de ele chamar as pessoas que viviam disso de "viradores de hambúrguer" e olhar para elas com o nariz empinado lhe passou despercebido, assim como a todas as pessoas ao redor.) — Ela vai ser o máximo daqui a alguns anos. Já estamos procurando ligas de futebol infantis. Ela vai ser atleta quando crescer, podem esperar.

— Minha esposa me mataria se eu tentasse colocar uma calça na nossa filha e a mandasse jogar com os meninos — disse outro sócio, com uma risadinha irônica na voz. — Você é um homem de sorte. Ter duas de uma vez foi sensacional.

— Foi mesmo — disse Chester, como se tivessem planejado isso o tempo todo.

— Quem é a velhinha com sua outra filha? — perguntou o primeiro sócio, apontando com a cabeça na direção de Louise. — É sua babá? Ela parece um pouco, sei lá. Você não acha que ela vai ficar cansada de correr atrás das meninas o tempo todo?

— Ela está fazendo um bom trabalho, até agora — disse Chester.

— Bem, fique de olho nela. Você sabe o que dizem sobre velhinhas, não sabe? Se bobear, você vai ter que tomar conta delas em vez de ela tomar conta das suas filhas.

Chester virou outro hambúrguer e não disse nada.

Do outro lado do quintal, perto do bolo elegante e coberto de açúcar, Serena se movimentava no centro de uma revoada de esposas da alta sociedade que arrulhavam sem parar. Ela nunca tinha se sentido mais em casa, como se finalmente estivesse assumindo seu lugar no mundo. Esta havia sido a resposta: filhos. Jacqueline e Jillian estavam destrancando as últimas portas que ficavam entre Serena e o verdadeiro sucesso social – principalmente Jacqueline, que era tudo que uma mocinha devia ser: tranquila, doce e cada vez mais educada. Em alguns dias ela até esquecia que Jillian era uma menina, pois o contraste entre as duas era imenso!

Algumas das mulheres com quem ela trabalhava ficavam desconfortáveis com o modo como ela impunha os limites de Jacqueline – normalmente as mulheres que chamavam sua filha de "Jack" e a estimulavam a fazer coisas como caçar ovos na grama molhada ou brincar com cachorros estranhos que pulavam em seu vestido, sujando-o. Serena torcia o nariz para elas e, com calma e em silêncio, começou a rebaixar seus nomes nas diversas listas de convidados que controlava, até que algumas saíssem totalmente. As que ficaram entenderam depressa, e pararam de falar qualquer coisa que parecesse vagamente uma crítica. De que valia uma opinião se significava perder seu lugar na sociedade? Não. Melhor manter a boca fechada e as opções abertas, era o que Serena sempre dizia.

Ela olhou ao redor do quintal, procurando Jacqueline. Jillian era fácil de encontrar. Como sempre, estava meio do mais alto grau de caos repugnante. Jacqueline era mais difícil. Por fim, Serena a viu à sombra de Louise, grudada na avó, como se a mulher fosse a única pessoa em quem confiava para protegê-la. Serena franziu a testa.

A festa foi um sucesso no que diz respeito a estas coisas: o bolo foi comido, os presentes foram abertos, as crianças pularam no pula-pula, dois joelhos foram ralados (de duas crianças diferentes), um vestido foi destruído e uma criança animada demais não conseguiu chegar ao banheiro antes de vomitar sorvete de morango e bolo de baunilha por todo o corredor. Quando a noite chegou, Jacqueline e Jillian estavam em segurança no quarto, e Louise estava na cozinha, preparando uma xícara de chá para si mesma.

Ela ouviu passos se aproximando. Parou, virou-se e franziu a testa.

— Pode parar — disse ela. — Você sabe que Jill fica incomodada se eu não estiver no meu quarto quando ela vier procurando os beijos da meia-noite.

— O nome dela é Jillian, mãe, não Jill — disse Chester.

— É o que você diz.

Ele suspirou.

— Por favor, não dificulte mais as coisas.

— Dificultar o quê, exatamente?

— Queremos agradecer a você por todo o tempo que passou ajudando com nossas filhas — disse Chester. — Foi difícil lidar com elas, no início. Mas acho que agora estamos com tudo sob controle.

*As dificuldades não acabam aos cinco anos, meu filho,* pensou Louise. Em voz alta, disse:

— É mesmo?

— É — respondeu Serena. — Muito obrigada por tudo. Você não acha que merece um descanso?

— Não há nada de cansativo em cuidar de crianças que você ama como se fossem suas — disse Louise, mas ela já havia perdido e sabia disso.

Tinha feito o melhor possível. Encorajou as duas meninas a serem elas mesmas e não aderirem aos papéis rígidos que os pais projetavam de um jeito um pouco mais elaborado a cada ano. Tinha tentado garantir que elas sabiam que havia cem, mil, um milhão de maneiras diferentes de ser uma menina, e que todas eram válidas e que nenhuma das duas estava fazendo nada errado. Ela havia tentado.

Se teve ou não sucesso era irrelevante, porque aqui estavam seu filho e a esposa dele, e agora ela teria de deixar essas preciosas crianças nas mãos de pessoas que nunca separaram um tempo para aprender algo sobre elas, além do mais vazio e superficial. Eles não sabiam que Jillian era corajosa porque sabia que Jacqueline estava sempre em algum lugar atrás dela com um plano cuidadoso para qualquer situação que pudesse surgir. Não sabiam que Jacqueline era tímida porque ficava distraída observando o mundo lidar com sua irmã e achava que a vista era melhor de fora do raio de respingos.

(Também não sabiam que Jacqueline estava desenvolvendo um lento pavor de sujar as mãos, graças a eles e suas repreensões constantes sobre proteger os vestidos, que eram elegantes demais para uma criança da idade dela. Eles não teriam se importado, mesmo se ela contasse.)

— Mãe, *por favor* — disse Chester.

E foi isso: ela havia perdido.

Louise suspirou.

— Quando vocês querem que eu vá embora? — perguntou ela.

— O ideal seria você partir antes que elas acordem — respondeu Serena, e tudo acabou.

Louise Wolcott saiu da vida das netas com a mesma facilidade com que tinha entrado. Depois, tornou-se um nome distante que mandava cartões de aniversário e presentes ocasionais (a maioria confiscada pelo filho e pela nora), e foi mais uma peça na prova irrefutável de que, no fundo, os adultos nunca inspiravam confiança. Bem, havia lições piores para as meninas aprenderem.

Esta, pelo menos, poderia ter salvado a vida das duas.

# 3

# ELAS CRESCEM
# TÃO RÁPIDO

Aos seis anos elas foram para o jardim de infância, onde Jacqueline aprendeu que meninas que usavam vestidos com babados todo dia eram afetadas e não inspiravam confiança, e Jillian aprendeu que meninas que usavam calça e corriam com os meninos são esquisitas ou coisas piores.

Aos sete veio o primeiro ano, quando Jillian aprendeu que era contagiosa por ser menina e ninguém mais queria brincar com ela de jeito nenhum, e Jacqueline aprendeu que, se quisesse que gostassem dela, tudo que precisava fazer era sorrir e dizer que gostava dos sapatos da pessoa.

Aos oito veio o segundo ano, quando Jacqueline aprendeu que ninguém esperava que ela fosse inteligente se fosse bonita, e Jillian aprendeu que tudo em relação a ela estava errado, desde as roupas que vestia até os programas a que assistia na televisão.

— Deve ser *terrível* ter uma irmã tão idiota — diziam as meninas na aula para Jacqueline, que sentia que devia defender a irmã, mas não sabia como. Os pais nunca haviam lhe ensinado a ser leal com a irmã, a levantar-se frente a injustiças ou mesmo a sentar-se (sentar podia amassar o vestido). E assim ela odiava um pouco Jillian por ser esquisita, por tornar as coisas mais difíceis do que tinham de ser, e ignorava o fato de que os pais faziam as escolhas por elas.

— Deve ser *incrível* ter uma irmã tão bonita — diziam os meninos na aula para Jillian (aqueles que ainda falavam com ela, pelo menos; os que tinham conseguido vacina contra meninas e estavam apenas começando a perceber que elas eram, no mínimo, decorativas).

Jillian se retorcia por dentro, tentando descobrir como ela e a irmã compartilhavam o mesmo rosto e um quarto e uma vida, mas uma delas era "a bonita" e a outra era apenas Jillian, indesejada e ignorada e cada vez mais empurrada para longe do papel de "moleque" e em direção ao papel de "nerd".

À noite, elas se deitavam nas camas estreitas lado a lado e odiavam uma à outra ardentemente com o ódio que só existe entre irmãs, cada uma desejando o que a outra tinha. Jacqueline queria correr, brincar, ser livre. Jillian queria ser amada, bonita, ter permissão para observar e ouvir, em vez de ser sempre forçada a se movimentar. Cada uma queria que as pessoas as *vissem*, não uma ideia que alguém tinha inventado.

(Um andar abaixo, Chester e Serena dormiam em paz, despreocupados com as próprias escolhas. Eles tinham duas filhas: duas meninas para moldar no formato que desejassem. A ideia de que podiam estar prejudicando as duas ao forçá-las com ideias estreitas do que uma menina – do que uma *pessoa* – deveria ser nunca passou pela cabeça deles.)

Quando as meninas fizeram doze anos, era fácil as pessoas que as conheciam formarem ideias rápidas e incorretas sobre quem elas eram como pessoas. Jacqueline – *nunca* Jack; Jack era um nome curto e cortante, sem babados e floreios suficientes para uma menina como ela – tinha a língua afiada e era irritadiça, cercada de bajuladores que a seguiam por todos os lados da escola, ansiosos para se aquecerem no calor transitório das suas boas graças. A maioria dos professores achava que era mais inteligente do que revelava, mas nenhum deles conseguia fazê-la demonstrar. Jacqueline tinha medo demais de se sujar, de manchas de lápis nos dedos e de pó de giz nos suéteres de caxemira. Era quase como se tivesse medo de que sua mente fosse como um vestido que não pudesse ser limpo, e ela não queria sujá-la com fatos que poderia não aprovar depois.

(As mulheres dos conselhos de Serena falavam que ela era sortuda e afortunada. E, ao voltarem para casa com as próprias filhas, trocavam seus vestidos de festa por calças jeans, sem imaginar que Jacqueline Wolcott nunca teria essa opção.)

Jillian tinha uma mente agitada e um temperamento tranquilo, ávida para agradar, sofrendo constantemente com rejeição após rejeição após rejeição. As outras meninas não queriam nada com ela, diziam que era suja por ter passado tanto tempo brincando com os meninos, diziam que ela queria ser um menino e que era por isso que cortava todo o cabelo e não usava vestidos. Os meninos, na beira do precipício da puberdade e totalmente dominados pelos próprios conjuntos de expectativas conflitantes, também não queriam nada com ela. Não era bonita o suficiente para ser digna de ser beijada (embora alguns deles tivessem questionado como isso podia acontecer, já que ela era exatamente igual à menina mais linda da escola). Ao mesmo tempo, Jillian ainda era uma menina, e os pais falavam que eles não deviam brincar com meninas. Então, com o tempo, eles a deixaram sozinha, intrigada e assustada com o mundo que estava por vir.

(Os sócios da empresa de Chester falavam que ele era muito sortudo e afortunado. E, ao voltarem para casa com as próprias filhas, observavam-nas correndo pelo quintal, sem imaginar que Jillian Wolcott nunca teria essa opção.)

As meninas ainda dividiam o quarto; as meninas ainda eram amigas, apesar de o espaço entre elas ser um campo minado de ressentimento e resignação, sempre prestes a explodir. A cada ano, ficava mais difícil lembrar que elas já tinham sido uma unidade coesa e que nenhuma das duas tinha escolhido seu padrão de vida. Tudo havia sido designado. Isso não importava. Como bonsais sendo podados por um jardineiro incansável para assumir uma forma, elas estavam crescendo à sombra dos desejos dos pais, o que as afastava cada vez mais. Um dia, uma delas talvez estendesse a mão para o outro lado do golfo e descobrisse que não havia ninguém ali.

Nenhuma das duas tinha certeza do que faria quando isso acontecesse.

No dia em que nossa história começa de verdade – certamente nada daquilo pareceu um começo! Era certamente era um pano de fundo, uma explicação e justificativa para o que estava por vir, tão inevitável quanto o trovão que vem depois do relâmpago – estava chovendo. Não, não estava chovendo. Caía um temporal, escorria água do céu como no início de uma enchente. Jacqueline e Jillian estavam sentadas no quarto, cada uma em sua cama, e o quarto estava tão cheio de raiva e silêncio que gritava.

Jacqueline lia um livro sobre meninas elegantes em aventuras elegantes em uma escola elegante, e não podia estar mais entediada. Às vezes dava uma olhada para a janela com os olhos semicerrados, furiosa com a chuva. Se o céu estivesse claro, ela podia atravessar a rua até a casa de sua amiga Brooke. Elas podiam pintar as unhas uma da outra e conversar sobre meninos, um assunto que Jacqueline achava ao mesmo tempo fascinante e chato como água de pai, mas que Brooke sempre abordava com o mesmo entusiasmo incansável. Teria sido *alguma coisa*.

Jillian, que tinha a intenção de passar o dia no treino de futebol, estava sentada no chão ao lado da própria cama e parecia arrasada como se uma nuvem cinza se espalhasse pelo seu lado do quarto. Não podia descer para ver televisão – nada de TV antes das quatro da tarde, nem mesmo nos fins de semana, nem mesmo em dias chuvosos – e não tinha nenhum livro para ler que já não tivesse lido cinco vezes. Tentou dar uma espiada em um dos livros de meninas elegantes de Jacqueline e logo se viu frustrada com a quantidade de maneiras que o autor encontrou para descrever o cabelo das pessoas. Talvez algumas coisas fossem piores do que o tédio, no fim das contas.

Quando Jillian suspirou pela quinta vez em quinze minutos, Jacqueline baixou o livro e olhou com raiva para ela.

— O que *foi*? — ela quis saber.

— Estou entediada — respondeu Jillian, desolada.

— Leia um livro.

— Já li todos os livros que tenho.

— Leia um dos meus.

— Eu não gosto dos seus livros.

— Vá ver televisão.

— Não tenho permissão até daqui a uma hora.

— Brinque com seu Lego.

— Não estou com vontade. — Jillian suspirou fundo, deixando a cabeça cair para trás até estar apoiada na beira da cama. — Estou *entediada*. Estou muito, *muito* entediada.

— Você não devia falar "muito" tantas vezes — disse Jacqueline, imitando a mãe. — É uma palavra sem sentido. Você não precisa dela.

— Mas é verdade. Estou *muito*, *muito*, *muito* entediada.

Jacqueline hesitou. Às vezes, a coisa certa a se fazer com Jillian era esperar passar. Ela se distrairia com outra coisa e a paz voltaria a reinar. Outras vezes, o único jeito de lidar com ela era oferecer a Jillian alguma coisa para fazer. Se não providenciasse alguma coisa, ela *encontraria* algo, e seria barulhento, bagunçado e destrutivo.

— O que você quer fazer? — perguntou por fim.

Jillian deu um olhar esperançoso de esguelha. Os dias em que a irmã voluntariamente passava horas brincando com ela tinham acabado havia muito tempo, perdidos como o boné de beisebol que ela usara para andar no carrossel com o pai no verão anterior. O vento havia levado o boné e o tempo havia levado a vontade da irmã de brincar de esconde-esconde, faz de conta ou qualquer outra coisa que a mãe dizia que gerava bagunça.

— Podíamos brincar no sótão — disse ela de um jeito tímido, tentando não parecer que esperava que a irmã concordasse. A esperança só provocava sofrimento. A esperança era a pior coisa para ela, entre todas.

— Pode ter aranhas — respondeu Jacqueline.

Ela franziu o nariz, menos por repugnância e mais por saber que ela *devia* achar aranhas repugnantes. Na verdade, Jillian as achava fofas. Eram espertas e limpas e elegantes e, quando suas teias ficavam emboladas, elas as rasgavam e começavam de novo. As pessoas podiam aprender muito com as aranhas.

— Eu protejo você, se elas aparecerem — disse Jill.

— Podemos nos meter em encrenca.

— Dou minhas sobremesas para você durante três dias — disse Jill. Vendo que Jacqueline não se sentiu atraída pela ideia, acrescentou: — E lavo a louça para você por uma semana.

Jacqueline *odiava* lavar a louça. Das tarefas que elas às vezes tinham de cumprir, esta era a pior. A louça já era chata o suficiente, mas a água da pia... era como fazer seu pântano particular e depois *brincar* nele.

— Combinado — disse ela, deixando o livro de lado de maneira recatada e saindo da cama.

Jillian conseguiu não bater palmas de felicidade quando se levantou, mas pegou a mão da irmã e a puxou quarto afora. Era hora de uma aventura.

Ela não fazia ideia do tamanho da aventura.

A casa dos Wolcott ainda era grande demais para a quantidade de pessoas que continha: grande o suficiente para Jacqueline e Jillian terem seus próprios quartos, se quisessem, e nunca se encontrarem exceto na mesa de jantar. Ao longo do ano anterior, eles tinham começado a se preocupar que este seria o próximo presente de aniversário das duas: quartos separados, um rosa e outro azul, perfeitamente moldados às crianças que os pais queriam, e não às filhas que tinham. Estavam se afastando havia anos, seguindo os caminhos planejados para as duas. Às vezes as meninas se odiavam e às vezes se amavam, e ambas sabiam, até os ossos, que quartos separados seriam a gota-d'água. Elas sempre seriam gêmeas. Elas sempre seriam irmãs. Mas talvez nunca mais fossem amigas.

E assim elas subiram a escada, de mãos dadas, Jillian arrastando Jacqueline, como sempre, Jacqueline prestando atenção a tudo ao redor, pronta para puxar a irmã se percebesse algum perigo. A ideia de estarem seguras em casa nunca tinha ocorrido a nenhuma das duas. Se elas fossem pegas – se os pais saíssem do quarto e vissem as duas se movimentando juntas pela casa –, seriam separadas, Jillian mandada para brincar nas poças do lado de fora e Jacqueline retornando ao quarto para ler seus livros e sentar em silêncio, sem perturbar nada.

Elas começavam a sentir, de maneira vaga e disforme, que os pais estavam fazendo alguma coisa errada. As duas conheciam crianças que eram como elas deveriam ser: meninas que adoravam vestidos bonitos e sentar comportadas ou que adoravam lama, gritos e chutar bolas. Só que também conheciam meninas que usavam vestidos enquanto aterrorizavam as quadras de jogos e garotas que usavam tênis e calça jeans e iam para a escola com mochilas cheias de bonecas usando vestidos de renda cintilante. Conheciam meninos que gostavam de ficar limpos e quietos colorindo ou que se juntavam às meninas com mochilas cheias de bonecas nos cantos. Outras crianças tinham permissão para serem misturadas, sujas *e* limpas, barulhentas *e* educadas, enquanto as duas só podiam ser uma coisa, não importava o quanto fosse difícil, não importava o quanto quisessem ser outra coisa.

Era desconfortável sentir-se como se os pais não estivessem fazendo o que era melhor para elas; como se a casa, perfeitamente organizada e ampla, com seus cômodos limpos e artisticamente decorados, estivesse arrancando a vida das duas um centímetro por vez. Se não encontrassem uma saída, iam se tornar bonecas de papel, retas e sem rosto e prontas para serem vestidas como os pais queriam.

No topo da escada havia uma porta que elas não deviam atravessar, que levava a um cômodo do qual não deviam se lembrar. Vovó Lou tinha morado ali quando as duas eram pequenas, antes de tornarem-se muito encrenqueiras e ela esquecer-se de como amá-las. (Na verdade, foi isso que a mãe delas havia contado, e Jillian acreditou, porque sabia que o amor sempre era condicional e que sempre, sempre havia uma armadilha. Jacqueline, que era mais calada e assim via mais do que deveria ver, não tinha tanta certeza.)

A porta estava sempre trancada, mas a chave fora jogada na gaveta de inutilidades da cozinha depois que Vovó Lou fora embora, e Jacqueline a tinha roubado no aniversário de sete anos, quando se sentira forte o suficiente para lembrar-se da avó que não as amou o suficiente para ficar.

Desde então, quando precisavam de um lugar para se esconder dos pais, um lugar onde Chester e Serena não pensariam em procurar, elas fugiam para o quarto de Vovó Lou. Ainda havia uma cama lá. As gavetas da cômoda, quando eram abertas, tinham o cheiro do seu perfume. E ela havia deixado um antigo baú no closet, cheio de roupas e joias que guardava para as netas, esperando o dia em que teriam idade suficiente para brincar de faz de conta e desfile de moda, participando como público entusiasmado. Tinha sido esse baú que as convencera que Vovó Lou nem sempre tivera a intenção de ir embora. Talvez tivesse se esquecido de como amá-las e talvez não tivesse, mas houve uma época em que ela planejava ficar. O fato de alguém um dia ter planejado ficar pelo bem delas significava muito.

Jacqueline destrancou a porta e guardou a chave no bolso, onde ficaria segura, porque ela nunca havia perdido nada. Jillian abriu a porta e deu o primeiro passo para entrar no quarto, garantindo que os pais não estavam lá espreitando, porque ela sempre era a primeira a passar pelo solado da porta. Então, a porta se fechou e elas finalmente estavam em segurança de verdade, sem nenhum papel para interpretar exceto os que tinham escolhido para si mesmas.

— A espada de pirata é minha! — disse Jacqueline empolgada e correu para o closet, segurando a tampa do baú e abrindo-a. E aí ela parou, a euforia transformando-se em confusão. — Onde estão as roupas?

— O quê? — Jillian se aproximou da irmã, olhando para dentro do baú. As roupas e todos acessórios tinham sumido, substituídos por uma escadaria de madeira em espiral que descia, descia, descia até a escuridão.

Se Vovó Lou tivesse tido permissão de ficar, elas poderiam ter lido mais contos de fadas, poderiam ter ouvido mais histórias sobre crianças que abriam portas para um lugar e acabavam entrando em outro. Se tivessem tido permissão para crescer conforme seus próprios caminhos, para seguir seus próprios interesses, poderiam ter conhecido Alice, Peter e Dorothy, todas as crianças que saíram do caminho e viram-se perdidas na terra encantada de outra pessoa. Só que contos de fadas eram sangrentos e violentos demais para o gosto de Serena, e os livros infantis eram suaves e caprichosos demais para o gosto de Chester. Por isso, de algum jeito, por mais inacreditável que pareça, Jacqueline e Jillian nunca tinham sido expostas à pergunta relacionada ao que poderia estar espreitando atrás de uma porta que não deveria estar ali.

As duas olharam para a escadaria impossível e ficaram desnorteadas e empolgadas demais para ter medo.

— Isso não estava aqui da última vez — disse Jillian.

— Talvez estivesse, e os vestidos estivessem por cima — retrucou Jacqueline.

— Os vestidos teriam caído — comentou Jillian.

— Não seja burra — disse Jacqueline, mas era uma possibilidade real, não era?

Se a escada sempre estivesse ali no baú, todas as coisas que Vovó Lou havia deixado para elas teriam caído. A menos que...

— O baú tem uma tampa em cima — apontou Jacqueline. — Talvez exista uma no fundo também, que se abriu. Então tudo caiu escada abaixo.

— Ah! — disse Jillian. — O que devemos fazer?

Aos poucos, Jacqueline estava começando a perceber que isso não era apenas um mistério: era uma *oportunidade*. Os pais não sabiam que havia uma escadaria escondida no antigo closet da Lou. Não tinham como saber. Se *soubessem,* teriam colocado a chave em algum lugar muito mais difícil de achar do que a gaveta de inutilidades da cozinha. A escada parecia empoeirada, como se ninguém pisasse ali havia anos. Serena *odiava* poeira, o que significava que ela não sabia que a escada existia. Se Jacqueline e Jillian descessem aqueles degraus, estariam entrando em algo secreto. Algo novo. Algo que os pais talvez nunca tivessem visto e não pudessem proteger com regras adultas inexplicáveis.

— Devíamos procurar as roupas e guardá-las, para não fazer uma bagunça no quarto da Vovó Lou — disse Jacqueline, como se fosse a coisa mais razoável do mundo.

Jillian franziu a testa. Havia alguma coisa na lógica da irmã que não se encaixava. Ela não tinha problemas em entrar sorrateiramente no quarto da avó, porque eram bem-vindas ali antes de Vovó Lou deixar de amá-las e ir embora. O lugar era delas tanto quanto havia sido da avó. A escadaria no baú, por outro lado... era uma coisa nova, desconhecida e estranha. Pertencia a alguém que não era Vovó Lou e não era nenhuma delas.

— Não sei — disse Jillian, preocupada.

Talvez, se as irmãs tivessem sido encorajadas a amar mais uma à outra, a confiar mais uma na outra, a ver uma à outra como algo além de uma adversária na competição pelo suprimento limitado de amor dos pais, elas tivessem fechado o baú e procurado um adulto. Quando voltassem com os pais para o quarto de Vovó Lou, abrir o baú de novo não teria revelado nenhum segredo, nenhuma escada, apenas uma bagunça de roupas e a confusão que sempre acontece quando uma coisa mágica desaparece. Talvez.

Mas essa não era a infância delas, não era a vida delas. As duas eram tão concorrentes quanto companheiras, e a ideia de contar aos pais nunca lhes teria ocorrido.

— Bem, *eu* vou entrar — disse Jacqueline, com uma fungada hipócrita, e jogou a perna por sobre a borda do baú.

Foi mais fácil do que esperava. Era como se o baú *quisesse* que entrasse, como se a escada *quisesse* que descesse. Jacqueline entrou pela abertura e desceu alguns degraus antes de alisar o vestido, olhando por sobre o ombro e perguntando:

— E então?

Jillian não era tão corajosa quanto todo mundo sempre achou que fosse. Não era tão selvagem quanto todo mundo sempre quis que fosse. Mas passara a vida ouvindo que tinha de ser as duas coisas, e mais, que a irmã não era nenhuma das duas. Se houvesse uma aventura para viver, ela simplesmente não podia permitir que Jacqueline a vivesse sem ela. Jillian pulou a borda do baú, tropeçando na pressa, e parou um degrau acima de onde Jacqueline estava esperando.

— Eu vou com você — disse ela, aprumando-se sem se preocupar em tirar a poeira.

Jacqueline, que estivera esperando esse resultado, fez um sinal de positivo com a cabeça e ofereceu a mão à irmã.

— Para que nenhuma de nós se perca — disse ela.

Jillian assentiu e pegou a mão da irmã, e juntas elas desceram, desceram, desceram na escuridão.

O baú esperou até elas estarem longe demais para ouvir, depois se fechou, prendendo as irmãs ali, afastando o velho mundo. Nenhuma das duas percebeu. As meninas simplesmente continuaram descendo.

Algumas aventuras começam com facilidade. Afinal, não é *difícil* ser sugada por um tornado ou empurrada por um espelho especialmente poroso. Não é necessária uma habilidade especial para ser levada por uma grande onda ou cair em um buraco de coelho. Algumas aventuras não exigem nada além de um coração disposto e a capacidade de viajar por aberturas no mundo.

Outras aventuras exigem comprometimento antes de começarem de verdade. Se não exigirem certo esforço por parte daqueles que vão aceitá-la, de que maneira vão separar os dignos dos indignos? Algumas aventuras são cruéis, porque é só assim que sabem ser gentis.

Jacqueline e Jillian desceram a escada até ficarem com as pernas doendo, os joelhos tremendo e as bocas secas como desertos. Um adulto no lugar delas poderia ter voltado pelo caminho por onde viera, preferindo recuar para a terra de coisas familiares, de torneiras que jorravam água, de superfícies seguras e lisas. Porém, elas eram crianças, e a lógica infantil dizia que era mais fácil descer do que subir. A lógica infantil ignorava o fato de que, um dia, elas teriam que subir de novo, voltando para a luz, se quisessem ir para casa.

Estavam na metade do caminho (embora não soubessem; cada degrau era como o último) quando Jillian escorregou e caiu, soltando a mão de Jacqueline. Ela soltou um grito agudo e sem palavras enquanto caía, e Jacqueline correu atrás dela até estarem próximas, escoriadas e levemente aturdidas em um dos raros patamares.

— Quero voltar — fungou Jillian.

— Por quê? — perguntou Jacqueline.

Não havia uma boa resposta, portanto elas continuaram a descer, descer, descer, descer, passando por paredes de terra grossas com raízes de árvores e, depois, por grandes ossos brancos de animais que tinham andado pela Terra havia tanto tempo que aquilo poderia ter sido um conto de fadas.

E elas desceram, desceram, desceram, duas menininhas que não podiam ser mais diferentes e mais iguais. Tinham o mesmo rosto e viam o mundo pelos mesmos olhos, azuis como o céu depois de uma tempestade. Tinham o mesmo cabelo louro-branco, pálido a ponto de parecer brilhar na luz fraca da escadaria, embora o de Jacqueline tivesse longos cachos espilraladados, enquanto o de Jillian era curto, expondo as orelhas e a elegante linha do pescoço. As duas paravam e se mexiam com cautela, como se esperassem que a punição viesse a qualquer momento.

E elas desceram, desceram, desceram até chegar ao último degrau, saindo em um salão redondo com gravetos e ossos entranhados nas paredes, com luzes brancas fracas penduradas por fios nas laterais, como se o Natal tivesse chegado mais cedo. Jacqueline olhou para elas e pensou em luzes de minas, em locais subterrâneos escuros. Jillian olhou para elas e pensou em casas mal-assombradas, em locais que tiravam mais do que davam. As duas estremeceram e aproximaram-se.

Havia uma porta. Era pequena e lisa e feita de pinho bruto, sem tratamento. Um cartaz estava pendurado na altura dos olhos de um adulto. TENHA CERTEZA, dizia, em letras que pareciam queimadas na madeira.

— Tenha certeza do quê? — perguntou Jillian.

— Tenha certeza de que quer ver o que está do outro lado, eu acho — disse Jacqueline. — Não temos outro lugar para onde ir.

— Podíamos voltar lá para cima.

Jacqueline olhou secamente para a irmã.

— Minhas pernas doem — disse ela. — Além do mais, achei que você quisesse uma aventura. "Encontramos uma porta, mas não gostamos dela, então voltamos sem ver o que estava do outro lado" não é uma aventura. É... é fugir.

— Eu não fujo! — disse Jillian.

— Ótimo — respondeu Jacqueline e estendeu a mão para a maçaneta.

Que virou sozinha antes que a menina pudesse segurá-la, e a porta se abriu, revelando o lugar mais impossível que as duas já tinham visto.

Era um campo. Um campo grande, tão extenso que parecia estender-se para sempre – e o único motivo para não chegar a tanto era porque seguia até o limite do que parecia ser um oceano cinza-chumbo que se lançava contra uma orla rochosa e implacável. Nenhuma das duas conhecia a palavra "charneca", mas, caso conhecessem, teriam concordado que aquilo era uma. Estas eram as Charnecas, o ideal platônico do qual todas as charnecas tinham derivado. O solo era rico, com uma mistura de arbustos baixos e flores de pétalas brilhantes, crescendo em tons de azul e laranja e roxo, uma profusão de cores impossíveis. Jillian deu um passo à frente, emitindo um som de assombro e prazer. Jacqueline, sem querer ficar para trás, seguiu.

A porta bateu e fechou-se com tudo atrás das duas. Nenhuma das meninas notou, naquele momento. Estavam ocupadas correndo no meio das flores, rindo, sob o olhar da enorme e sangrenta lua.

A história das duas finalmente tinha começado.

# PARTE 2

# JILL E JACK ENTRAM EM CHEQUE

# 4

## AO MERCADO, AO MERCADO, PARA COMPRAR UMA GALINHA GORDA

Jillian e Jacqueline correram pelas flores como criaturas selvagens – e, naquele momento, naquele breve e resplandecente momento, com os pais distantes e sem saber o que as filhas estavam fazendo, sem ninguém com quem interagir nas Charnecas, mas conscientes de sua existência, elas *eram* criaturas selvagens, livres para fazerem o que quisessem, e o que elas queriam era *correr*.

Jacqueline corria como se tivesse guardado toda a capacidade de correr para este momento, para este lugar onde ninguém podia vê-la, repreendê-la ou dizer que mocinhas não se comportavam daquele jeito, mandá-la sentar-se, diminuir o ritmo, você vai rasgar o vestido, vai manchar a meia-calça, seja *boazinha*. Ela estava com manchas de grama nos joelhos e lama embaixo das unhas e sabia que ia se arrepender das duas coisas mais tarde, mas, naquele momento, não se importava. Ela finalmente estava *correndo*. Ela finalmente estava livre.

Jillian corria mais devagar, com cuidado para não atropelar as flores, diminuindo o ritmo sempre que queria olhar ao redor, arregalando os olhos, maravilhada. Ninguém estava dizendo para ela ir mais rápido, correr com mais vontade, manter os olhos na bola; ninguém queria que fosse uma competição. Pela primeira vez em anos, estava correndo apenas pela alegria de correr e, quando tropeçou e caiu nas flores, desmoronou rindo.

Em seguida, rolou de costas e a risada parou na garganta quando encarou, de olhos arregalados, o grande olho de rubi da lua.

Bem, aqueles de vocês que já viram a lua podem achar que sabem o que Jillian viu: podem achar que conseguem imaginá-la, brilhando no céu sobre ela. A lua é o corpo celestial mais amigável, afinal, com um brilho quente, branco e agradável, como uma amiga que só quer saber que todos nós estamos em segurança nos nossos mundos estreitos, nossos quintais estreitos, nossas vidas estreitas e sólidas. A lua se preocupa. Podemos não saber como sabemos isso, mas sabemos mesmo assim. A lua observa. A lua se preocupa. E a lua sempre vai nos amar, não importa o que aconteça.

Essa lua observava, mas era aí que acabava a semelhança com a lua clara e confortável que tinha observado as gêmeas durante todos os dias da vida. Essa lua era enorme, vermelha como um rubi colocado no céu noturno, cercada pelos pontos reluzentes de um milhão de estrelas. Jillian nunca tinha visto tantas estrelas. Ela as encarou com a mesma intensidade que encarou a lua, que parecia estar *olhando* para ela com um foco e uma intensidade que nunca havia percebido.

Aos poucos, Jacqueline cansou-se de correr e sentou-se ao lado da irmã no meio das flores. Jillian apontou para cima sem falar nada. Jacqueline olhou e franziu a testa, subitamente inquieta.

— A lua está errada — disse ela.

— Está vermelha — disse Jillian.

— Não — disse Jacqueline, que, afinal, tinha sido encorajada a ficar sentada em silêncio, a ler livros em vez de brincar de jogos barulhentos, a *observar*.

Ninguém jamais lhe ensinara a ser inteligente, o que era bom. A mãe tinha mais propensão a pedir que ela fosse uma tola, porque meninas tolas eram mais obedientes do que as teimosas e inteligentes. A esperteza era atributo dos meninos e só atrapalharia o ato de ficar em silêncio e ser atenta.

Jacqueline tinha encontrado a esperteza sozinha, provocando-a nos silêncios em que era abandonada, usando-a para preencher as lacunas criadas por uma vida inteira sendo boa, calma e paciente. Tinha apenas doze anos. Havia limites para as coisas que ela sabia. Mesmo assim...

— A lua não devia ser tão grande — comentou. — Ela fica longe demais para ser tão grande. Ela teria que estar tão perto que bagunçaria todas as marés e destruiria o mundo, por causa da gravidade.

— A gravidade pode fazer isso? — perguntou Jillian, horrorizada.

— Poderia, se a lua estivesse tão perto — respondeu Jacqueline. Ela se levantou, depois inclinou-se para puxar a irmã. — Não devíamos estar aqui.

A lua estava errada, e dava para ver montanhas ao longe. *Montanhas.* Por alguma razão, ela não tinha problema algum com a ideia de que havia um campo e um oceano embaixo do porão, mas montanhas? Aí já era exagero.

— A porta sumiu — disse Jillian. Estava com um raminho de uma planta roxa amadeirada no cabelo, como um grampo. Era bonito. Jacqueline não conseguia lembrar-se da última vez em que tinha visto a irmã usando alguma coisa só porque era bonita. — Como vamos para casa se a porta sumiu?

— Se a lua pode estar errada, a porta pode se mexer — disse Jacqueline, com o que esperava que parecesse certeza. — Só precisamos encontrá-la.

— Onde?

Jacqueline hesitou. O oceano estava diante delas, grande, furioso e tempestuoso. As ondas poderiam carregá-las em um instante, se elas se aproximassem demais. As montanhas estavam atrás delas, altas e escarpadas e agourentas. Formas que pareciam castelos se empoleiravam nos picos mais altos. Mesmo que conseguissem subir até aquela altura, não havia garantia de que as pessoas que moravam em castelos parecidos com mãos gananciosas, no alto do despenhadeiro de uma montanha, seriam simpáticas com duas menininhas perdidas.

— Podemos ir para a esquerda ou para a direita — disse Jacqueline, por fim. — Você escolhe.

Jillian sorriu. Não sabia quando foi a última vez que a irmã lhe tinha pedido para escolher alguma coisa, confiado que ela não as levaria direto para uma poça de lama ou algum outro pequeno desastre.

— Esquerda — respondeu ela e segurou a mão da irmã, arrastando-a pela charneca ampla e ameaçadora.

---

É importante entender o mundo em que Jacqueline e Jillian estavam abandonadas, mesmo que elas não o entendessem totalmente por um tempo, se é que um dia entenderiam. Então, falemos sobre as Charnecas:

Existem mundos construídos sobre arco-íris e mundos construídos sobre a chuva. Existem mundos de pura matemática, onde cada número tilinta como cristal enquanto transforma-se em realidade. Existem mundos de luz e de escuridão, mundos de rimas e mundos de razão, mundos onde a única coisa que importa é a bondade no coração de um herói. As Charnecas não são nada disso. As Charnecas existem no crepúsculo eterno, na pausa entre o relâmpago e a ressurreição. São um lugar de infinita experimentação científica, de monstruosa beleza e de terríveis consequências.

Se as meninas tivessem ido em direção às montanhas, teriam chegado em um mundo coberto de neve e pinheiros, onde os uivos de lobos rasgavam a noite e onde os senhores do inverno eterno governavam com mãos implacáveis.

Se as meninas tivessem ido em direção ao mar, teriam chegado em um mundo preso para sempre no momento do afogamento, onde o canto das sereias atraía os desavisados para a morte e onde os lordes de mansões semiafogadas nunca esqueciam ou perdoavam aqueles que os ofendiam.

No entanto, elas não foram em nenhuma das duas direções. Em vez disso, caminharam no meio dos arbustos e das samambaias, parando às vezes para colher flores que nunca tinham visto, flores que nasciam brancas como ossos ou amarelas como bile ou com a suave sugestão do rosto de uma mulher no centro das pétalas. Andaram até não aguentarem mais e, quando se aninharam, exaustas, a vegetação rasteira formou um colchão adorável, enquanto a vegetação mais alta impedia que fossem vistas.

A lua se pôs. O sol nasceu, trazendo nuvens de tempestade. Escondeu-se atrás delas o dia inteiro, de modo que o céu nunca ficava mais claro do que quando elas chegaram. Lobos desceram das montanhas e coisas indescritíveis vieram do mar, todas reunindo-se em volta das crianças adormecidas e observando-as sonharem enquanto as horas passavam. Nenhuma delas fez um movimento para encostar nelas. Elas haviam feito uma escolha: tinham escolhido as Charnecas. Seu destino e seu futuro estavam definidos.

Quando a lua nasceu de novo, as criaturas das montanhas e do mar se afastaram, deixando Jacqueline e Jillian acordarem em um mundo solitário e silencioso.

Jillian foi a primeira a abrir os olhos. Fitou a lua vermelha no alto e se surpreendeu duplamente na duração de um segundo: primeiro porque a lua parecia ainda mais próxima e, segundo, pela falta de surpresa com a localização das duas. Claro que tudo era real. Ela já tivera muitos sonhos selvagens e lindos, mas nada como isso. E, se ela não tinha sonhado, tinha que ser real. E, se fosse real, claro que ainda estavam ali. Lugares reais não desapareciam só porque você cochilava.

Ao lado dela, Jacqueline se mexeu. Jillian fez uma careta ao ver uma lesma arrastando-se lentamente pela curva da orelha de Jacqueline. Estavam no meio de uma aventura, e tudo seria estragado se Jacqueline começasse a entrar em pânico por se sujar. Com muito cuidado, Jillian estendeu a mão e tirou a lesma da orelha da irmã, jogando-a no arbusto.

Quando olhou de volta, os olhos de Jacqueline estavam abertos.

— Ainda estamos aqui — disse ela.

— É — disse Jillian.

Jacqueline levantou-se, fazendo cara feia para as manchas de grama nos joelhos e para a lama na barra do vestido. *Ainda bem que ela não consegue ver o próprio cabelo*, pensou Jillian. *Provavelmente começaria a chorar.*

— Precisamos encontrar uma porta — disse Jacqueline.

— É — concordou Jillian, apesar de não querer dizer aquilo.

Porém quando Jacqueline lhe ofereceu a mão, ela a pegou mesmo assim, porque elas estavam juntas, as duas, realmente *juntas*, e mesmo que isso não durasse, ainda era novo e milagroso. Quando as pessoas ouviam que ela tinha uma irmã gêmea, imediatamente comentavam que devia ser muito legal ter uma melhor amiga desde o nascimento. Ela nunca foi capaz de explicar o quanto elas que estavam enganadas. Ter uma irmã gêmea significava ter sempre alguém com quem ser comparada e falhar, alguém que não tinha nenhuma obrigação de gostar de você e não gostava na maior parte do tempo, porque ligações emocionais eram perigosas.

(Se ela tivesse conseguido articular como se sentia em relação à vida em casa, caso tivesse conseguido contar a um adulto, Jillian poderia ter se surpreendido pelo modo como as coisas podiam mudar. Mas, ah, *se* tivesse feito isso, a irmã e ela nunca teriam se tornado a coleção de ressentimentos e contradições necessária para invocar uma porta para as Charnecas. Cada opção alimenta todas as opções que vêm depois, quer desejemos ou não essas opções.)

Jacqueline e Jillian atravessaram a charneca de mãos dadas. Elas não falavam, porque não sabiam o que falar: a conversa fácil de irmãs tinha deixado de ser fácil para as duas quase no mesmo instante em que aprenderam a falar. Mas consolavam-se com o fato de estarem juntas, com a noção de que nenhuma das duas estava sozinha nessa jornada. Consolavam-se com a proximidade. Depois da infância semicompartilhada, isso era o mais próximo que conseguiam chegar de apreciar a companhia uma da outra.

O solo era irregular, como matagais rochosos e charnecas costumam ser. Estavam subindo havia um tempo, chegando ao fim da planície lisa. No cume da colina, o pé de Jacqueline atingiu um declive no solo e ela caiu, tropeçando pelo outro lado da colina e descendo com uma velocidade tão surpreendente quanto contundente. Jillian gritou o nome da irmã, tentando pegar sua mão, e também acabou caindo, duas menininhas rolando, como estrelas tropeçando de um céu superlotado.

Em locais como as Charnecas, quando a lua vermelha está no céu fazendo escolhas na história, quando os viajantes tomam suas decisões em relação a que caminho escolher, a distância às vezes é mais uma ideia do que uma lei aplicável. As meninas desceram tropeçando até parar, Jacqueline caindo de pé e Jillian caindo de costas, ambas com o estômago embrulhado e a cabeça cheia de enfeites. As duas sentaram-se, estendendo a mão uma para a outra, tirando o mato dos olhos, e ficaram boquiabertas com a parede que tinha aparecido de repente diante delas.

É preciso falar sobre paredes.

Aqueles de nós que fazem casas no mundo moderno, onde há pouquíssimos monstros rondando o pântano e pouquíssimos lobisomens uivando à noite, acham que entendem a natureza das paredes. Elas são linhas divisórias entre um cômodo e outro, mais uma cortesia do que qualquer outra coisa. Há pessoas que preferem acabar com elas, vivendo no que chamam de "plano aberto". Privacidade e proteção são ideias, não necessidades, e uma parede do lado de fora é chamada de cerca.

Essa não era uma cerca. Era um *muro*, no sentido mais antigo e mais verdadeiro da palavra. Árvores inteiras tinham sido cortadas, afiadas para virarem estacas e enfiadas no solo. Eram atadas umas às outras com ferro e cordas tecidas à mão, os espaços entre elas selados com concreto que reluzia de um jeito esquisito à luz da lua, como se fosse feito de algo mais do que simplesmente pedra. Um exército poderia ter encalhado naquele muro, incapaz de seguir em frente.

Havia um portão no muro, fechado porque já era noite, tão amplo e intimidador quanto o matagal ao redor. Olhando para aquele portão, era difícil acreditar que ele abriria ou que sequer *pudesse* ser aberto. Parecia mais um floreio decorativo do que alguma coisa funcional.

— Uau — disse Jillian.

Jacqueline estava com frio e machucada. Pior ainda, estava *suja*. Falando de maneira simples, estava cansada. E assim ela seguiu em frente, saindo do meio das samambaias e chegando à terra compacta ao redor do muro. Bateu no portão com a força que suas mãos de criança permitiam. Jillian ofegou, segurando seu braço e arrastando-a de volta.

Mas o dano estava feito. O portão entreabriu, dividindo-se ao meio para revelar um pátio com aparência medieval. Havia uma fonte no centro, uma estátua de bronze e aço de um homem usando uma capa comprida, o olhar pensativo fixo nas montanhas altas. Ninguém se mexeu. Era um local deserto, um local abandonado, e olhar para ele encheu o coração de Jillian de medo.

— Não devíamos estar aqui — murmurou ela.

— De fato, vocês provavelmente não deviam — disse uma voz masculina.

As meninas gritaram e pularam, virando-se e encontrando o homem da fonte parado atrás delas, olhando para as duas como se fossem uma estranha nova espécie de inseto encontrada rastejando no jardim.

— Mas vocês *estão* aqui — continuou. — Acho que isso significa que vou ter que lidar com vocês.

Jacqueline estendeu a mão para Jillian, encontrou-a e segurou com força, ambas encarando o desconhecido com um medo silencioso.

Era um homem alto, mais alto que o pai delas, que sempre fora o ponto mais alto do mundo das duas. Era um homem bonito, como se tivesse saído de um filme (embora Jacqueline não tivesse certeza se já tinha visto um astro de cinema tão pálido ou que parecesse esculpido de alguma substância branca e fria). O cabelo era muito preto e os olhos tinham um tom intenso de laranja, como uma abóbora iluminada. O mais surpreendente era a boca muito, muito vermelha, que parecia ter sido pintada com batom.

O forro da capa era do mesmo vermelho da boca, o terno era preto como o cabelo, e ele tinha um porte tão perfeito que nem parecia humano.

— Por favor, senhor, não tínhamos a intenção de ir a um lugar proibido — disse Jillian, que, afinal, tinha passado anos fingindo que sabia ser corajosa. Ela se esforçava tanto que às vezes esquecia-se de que estava mentindo. — Achávamos que ainda estávamos na nossa casa.

O homem inclinou a cabeça, como se estivesse olhando para um inseto muito interessante.

— Sua casa normalmente inclui um mundo inteiro? — perguntou ele. — Ela deve ser bem grande. Vocês devem passar muito tempo limpando.

— Havia uma porta — disse Jacqueline, defendendo a irmã.
— Havia: E, por acaso, tinha um cartaz nessa porta? Uma instrução, talvez?
— Dizia... "tenha certeza" — respondeu Jacqueline.
— Humm. — O homem inclinou a cabeça. Não era um sinal de positivo; era mais uma forma de reconhecimento de que outra pessoa havia falado. — E vocês tinham?
— Tínhamos o quê? — perguntou Jillian.
— Certeza — respondeu ele.

As meninas se aproximaram um pouco mais, sentindo frio de repente. Estavam cansadas e com fome e seus pés doíam, e nada que esse homem dizia estava fazia sentido.

— Não — responderam em uníssono.

O homem até sorriu.

— Obrigado — disse ele, e a voz não era indelicada.

Talvez tenha sido isso que fez Jillian ter coragem de perguntar:

— Pelo quê?

— Por não mentirem para mim — respondeu ele. — Como vocês se chamam?

— Jacqueline — disse Jacqueline

— Jillian — disse Jillian, e o homem, que já tinha visto muitas crianças aparecerem caminhando por essas colinas e batendo nesses portões, sorriu.

— Jack e Jill desceram a colina — disse ele. — Vocês devem estar com fome. Venham comigo.

As meninas se entreolharam, incomodadas, embora não soubessem dizer por quê. Porém elas tinham apenas doze anos, e o hábito da obediência era forte em ambas.

— Está bem — disseram e, quando ele atravessou os portões e entrou na praça vazia, elas o seguiram. Os portões se fecharam atrás deles, deixando marcas no matagal. O que eles não podiam fechar era o olho vermelho e desaprovador da lua, que observou e julgou, mas não disse nada.

# 5

## OS PAPÉIS QUE NÓS MESMOS ESCOLHEMOS

O homem as conduziu pela cidade silenciosa além do muro. Jill mantinha os olhos nele enquanto caminhava, certa de que, se alguma coisa fosse acontecer, começaria com a única pessoa que elas tinham visto desde que entraram pelo fundo do baú da avó. Jack, que era mais acostumada ao silêncio e à tranquilidade e achava tudo menos perturbador, observava as janelas. Ela viu o tremeluzir das velas enquanto eram tiradas rapidamente de vista; viu as cortinas balançarem, como se tivessem sido soltas por uma mão invisível.

Eles não estavam sozinhos, mas as pessoas com quem compartilhavam a noite ficavam todas escondidas. Por quê? Claro que duas menininhas e um homem de capa não poderiam ser *tão* assustadores. E ela estava com fome, com frio e cansada, por isso ficou de boca fechada e continuou andando até eles chegarem a uma porta de ferro fechada com tranca. O homem olhou para as duas, com a expressão grave.

— Esta é sua primeira noite nas Charnecas, e a lei diz que devo estender a vocês a hospitalidade do meu lar pela duração de três luas — disse ele solenemente. — Durante esse período, vocês estarão tão seguras sob o meu teto quanto eu. Ninguém vai machucá-las. Ninguém vai enfeitiçá-las. Ninguém vai sugar o seu sangue. Quando esse período terminar, vocês estarão sujeitas às leis desta terra e pagarão pelo que consumirem como qualquer outra pessoa. Entenderam?

— O quê? — perguntou Jill.

— Não — disse Jack. — Isso não faz... O que você quer dizer com "sugar o nosso sangue"? Por que alguém faria alguma coisa com o nosso sangue?

— O quê? — perguntou Jill mais uma vez.

— Nós nem vamos *estar* aqui daqui a três dias. Só precisamos encontrar uma porta, depois vamos para casa. Nossos pais estão preocupados conosco. — Era a primeira mentira que Jack tinha contado desde que chegara às Charnecas, e ela ficou presa na garganta como uma pedra.

— O quê? — perguntou Jill, pela terceira vez.

O homem sorriu. Seus dentes eram tão brancos quanto seus lábios eram vermelhos e, pela primeira vez, o contraste pareceu dar alguma cor à pele dele.

— Ah, isso vai ser divertido — disse ele, e abriu a porta de ferro.

Havia um salão do outro lado. Era um salão perfeitamente normal, quando se trata de castelos subterrâneos: as paredes eram de pedra, o piso era acarpetado com filigrana vermelha e preta desbotada, e os candelabros pendurados no teto eram ricos em teias de aranha, perigosamente perto das velas acesas. O sujeito encapuzado entrou. Jack e Jill, sem uma opção melhor, seguiram o homem.

Veja as duas agora: ambas de cabelo dourado usando roupas rasgadas e enlameadas, seguindo um desconhecido imaculado pelo castelo. Veja como ele se move, fluido como um gato caçador, os pés mal parecendo roçar no chão, e como as crianças se apressam para acompanhá-lo, quase tropeçando nos próprios pés na ânsia de não serem deixadas para trás! Nossas menininhas perdidas ainda estão de mãos dadas, mas Jack já está começando a demorar um pouco, desconfiada do anfitrião, preocupada com o que acontece depois que os três dias terminam.

Eram gêmeas que não aprenderam a importância de agarrar-se uma à outra, e os espaços entre as duas já estão começando a aparecer. Não vai demorar muito para se separarem.

Mas, ah, isso é o futuro, e estamos no presente. O homem andava, e Jack e Jill o seguiam, já usando os nomes abreviados como a armadura que acabariam se tornando. Jack sempre fora "Jacqueline", evitando o som curto, afiado e masculino de "Jack" (e a mãe tinha perguntado mais de uma vez se havia um jeito de trocar o nome das meninas, de transformar Jacqueline em Jillian e Jillian em Jack). Jillian sempre fora "Jillian", agarrando-se à lâmina estreita da feminilidade que lhe era permitida, recusando-se a ser abreviada (e o pai chegara a avaliar a questão da troca de nomes, mas a dispensara por não considerar que valesse a pena).

Jill seguia nos calcanhares do guia e Jack recuava o máximo que as mãos dadas permitiam. Quando chegaram a uma escada, mais estreita que aquela que as levara até ali, feita de pedra em vez de madeira empoeirada, as duas pararam por um instante, olhando para os degraus em silêncio.

O homem parou para avaliar a reação das duas, um sorriso brincando no canto da boca.

— Este não é o caminho para a casa de vocês, pequenas desgarradas — informou ele. — Sinto muito, mas será mais difícil de encontrar do que a escada que conecta a minha vila à minha sala de jantar.

— *Sua* vila? — perguntou Jack, esquecendo-se de ter medo porque estava admirada. — A vila inteira? Você é dono de tudo?

— De cada osso e de cada graveto — respondeu o homem. — Por quê? Isso a impressiona?

— Um pouco — admitiu ela.

O sorriso do homem aumentou. Afinal, ela era adorável, com cabelo parecido com a luz do sol e o tipo de pele macia que revelava os dias passados principalmente dentro de casa, longe do clima. Ela seria obediente; ela seria doce. Ela podia servir.

— Tenho muitas coisas impressionantes — disse ele e começou a subir a escada, deixando as meninas com poucas opções além de segui-lo, a menos que quisessem ficar para trás.

E eles subiram, subiram, subiram e subiram até parecer que tinham subido até o fundo do baú de Vovó Lou, de volta ao confinamento familiar da casa das duas. Em vez disso, saíram da escadaria e chegaram a um belo salão de jantar. A mesa de mogno comprida estava posta para uma pessoa. A criada em pé na parede distante pareceu se assustar quando o homem entrou no salão seguido de duas menininhas. Ela deu um passo para a frente, mas parou e ficou em pé ali, retorcendo as mãos.

— Paz, Mary, paz — disse o homem. — São viajantes desgarradas. Elas vieram por uma porta, e esta é a primeira noite de três.

A mulher não pareceu mais tranquila. Na verdade, pareceu mais preocupada.

— Elas estão bem sujas — disse ela. — Deixe-as comigo, para que eu possa lhes dar um banho e elas não perturbem o seu jantar.

— Não seja tola — disse ele. — Elas vão comer comigo. Avise à cozinha que solicito dois pratos de qualquer coisa que as crianças comam.

— Sim, milorde — disse Mary, fazendo uma reverência rápida e ansiosa.

Ela não era velha, mas também não era jovem. Parecia uma das mulheres do bairro que às vezes era contratada para cuidar de Jack e Jill durante o verão, quando os pais tinham que trabalhar. O acampamento era bagunçado e barulhento demais para Jack, e os programas de aprimoramento no verão só preenchiam algumas horas do dia. Contratar uma babá, por mais repugnante que fosse, às vezes era a única opção.

(A idade era a única coisa que Mary tinha em comum com aquelas senhoras posudas e perfeitas, que sempre vinham com credenciais, referências e bolsas de pano cheias de atividades. O cabelo de Mary era castanho e cacheado e parecia ter a mesma probabilidade de engolir uma escova de cabelo e de render-se a ela. Seus olhos eram de um cinza enevoado de água usada da pia, e ela se portava com o tipo de atenção rígida que revelava uma exaustão profunda até os ossos. Se aparecesse na porta delas procurando trabalho, Serena Wolcott a teria rejeitado na mesma hora. Jack confiou nela instantaneamente. Jill não.)

Mary deu uma última olhada ansiosa para as meninas antes de ir para a porta do outro lado do salão. Estava quase lá quando o homem pigarreou, fazendo-a parar imediatamente.

— Peça a Ivan para buscar o dr. Bleak — disse ele. — Não me esqueci do nosso acordo.

— Sim, milorde — disse ela e sumiu.

O homem virou-se para Jack e Jill, sorrindo quando viu como elas o encaravam com atenção.

— O jantar estará pronto em breve. Tenho certeza de que será do agrado de vocês — anunciou ele. — Não deixem Mary assustá-las. Eu prometi três dias, e vocês terão três dias antes que precisem temer alguma coisa entre estas paredes.

— O que acontece quando os três dias terminarem? — perguntou Jill, que tinha aprendido havia muito tempo que os jogos tinham regras e que as regras precisavam ser cumpridas.

— Venham — disse o homem. — Sentem-se.

Ele foi até a cabeceira da mesa, onde se ajeitou no lugar que tinha sido posto para ele. Jill sentou-se à sua esquerda. Jack estava prestes a sentar-se ao lado dela, mas o homem balançou a cabeça, indicando o lugar à direita dele.

— Se é para ter um par de vasos durante três dias, é melhor eu aproveitar — disse ele. — Não se preocupem. Não há nada a temer de minha parte. — As palavras *por enquanto* pareciam pairar no ar, implícitas, sobre os três.

Ah, mas Jack tinha visto pouquíssimos filmes de terror. E Jill, que poderia estar mais bem preparada para interpretar os sinais, estava exausta, oprimida e ainda tonta com a novidade de passar um dia na companhia da irmã sem brigar. assim, elas continuaram onde ele mandou quando Mary voltou, seguida de dois homens silenciosos e com o rosto afundado, usando fraques que quase chegavam aos joelhos. Cada homem carregava uma bandeja com tampa de prata convexa.

— Ah, ótimo — disse o homem. — Como foram preparados?

— A bruxa da cozinha invocou coisas que são agradáveis para crianças — respondeu Mary, a voz rígida, o queixo erguido. — Ela prometeu satisfação.

— Excelente — disse o homem. — Meninas? Qual vocês querem?

— A da esquerda, por favor — disse Jill, lembrando-se de cada fiapo de educação que tinha.

Seu estômago roncou alto, e o homem riu. Tudo parecia que ia ficar bem. Elas estavam em segurança. Havia paredes ao redor e comida na frente delas, e o olho observador da lua estava distante, observando o matagal, e não as irmãs.

Os homens colocaram as bandejas em frente às irmãs, removendo as tampas de prata. Na frente de Jack, meio coelho assado servido sobre vegetais variados: comida simples, comida de camponês, o tipo de coisa que ela poderia, com o tempo, ter aprendido a fazer sozinha. Havia uma fatia de pão e um quadrado de queijo, e ela fora criada para ser educada, mesmo quando não queria. Ela não reclamou do formato estranho da carne nem da casca dos vegetais, que tinham sido perfeitamente cozidos, mas de um jeito mais rústico do que ela estava acostumada.

Na frente de Jill, três fatias de rosbife, tão cruas que estavam sangrando sobre o purê de batatas e o espinafre que as cercavam. Nada de pão, nada de queijo, mas uma taça de prata cheia de leite fresco. O metal estava coberto de gotas finas de condensação, como orvalho.

— Por favor — disse o homem —, comam.

Mary estendeu a mão e tirou a tampa de prata da comida dele, revelando um prato que se parecia muito com o de Jill. A taça dele também era parecida com a dela, embora o conteúdo fosse mais escuro. Vinho, talvez? Parecia com o vinho que o pai delas às vezes bebia com o jantar.

Jack esperava que fosse vinho.

Jill começou a comer imediatamente, devorando a comida como uma criatura faminta. Ela poderia ter torcido o nariz para carne crua como aquela em casa, mas não comia havia mais de um dia. Teria comido carne crua se isso significasse comer *alguma coisa*. Jack queria ser mais cautelosa. Queria ver se esse desconhecido ia drogar sua irmã, ou alguma coisa pior, antes de baixar a guarda. Porém ela estava com tanta fome, e a comida estava com um cheiro tão bom, e o homem tinha dito que elas estariam seguras nesta casa durante três dias. Tudo era esquisito, e elas ainda não sabiam o nome dele...

Ela parou a meio caminho de pegar o garfo, virando-se para olhar para ele com os olhos arregalados enquanto tentava freneticamente chutar Jill por baixo da mesa. Suas pernas eram curtas demais, e a mesa era larga demais; faltava mais de um pé para alcançá-la.

— Não sabemos seu nome — disse ela, a voz um pouco estridente. — Isso significa que você é um desconhecido. Não devíamos *falar* com desconhecidos.

Mary empalideceu, algo que Jack acharia impossível. A mulher quase já não tinha cor alguma normalmente. Os dois serviçais silenciosos deram um passo para trás, encostando as costas na parede. Mas o homem sem nome de capa com forro vermelho pareceu divertir-se com o comentário.

— Você não sabe o meu nome porque não o mereceu, pequena desgarrada — disse ele. — A maioria me chama de "Mestre", por aqui. Você pode me chamar assim.

Jack o encarou e segurou a língua, sem saber o que podia dizer; sem saber o que era *seguro* dizer. Era claro como a lua no céu que as pessoas que trabalhavam para esse homem tinham medo dele. Ela só não sabia o motivo e, até saber o motivo, não queria dizer absolutamente nada.

— Você devia comer — disse o homem, não de um jeito indelicado. — A menos que prefira o que sua irmã está comendo.

Jack balançou a cabeça em silêncio. Jill, que estava comendo durante toda a conversa, continuou a enfiar carne e batata e espinafre na boca, aparentemente contente com o mundo.

Passos pesados ecoaram na escada, altos o suficiente para atrair a atenção de todos à mesa, até mesmo Jill, que mastigou e engoliu enquanto virava-se na direção do som. O homem fez uma careta, uma expressão de repulsa que só se aprofundou quando outro desconhecido entrou no salão.

Este homem era sólido, construído como um moinho de vento, robusto, forte e louco para incendiar alguma coisa. Suas roupas eram práticas: calça jeans e uma camisa simples, ambos protegidos por um avental de couro. Tinha um queixo que podia ter sido usado para rachar lenha e olhos claros avaliadores sob a escarpa pesada da sobrancelha. O mais fascinante de tudo era a cicatriz que passava por toda a circunferência do pescoço, pesada e branca e desfiada como um pedaço de corda, como se o que o cortara não tivesse feito nenhum esforço para fazê-lo de maneira limpa.

— Dr. Bleak — disse o primeiro homem e bufou. — Eu não sabia que você viria. Certamente não tão rápido. Você não tinha um esquartejamento terrível para cometer?

— Sempre — respondeu o dr. Bleak. Sua voz era um ribombar de trovão nas montanhas distantes, e Jack a amou imediatamente. Parecia um homem que tinha gritado para entender o universo. — Mas nós dois temos um acordo. Ou você já se esqueceu?

O primeiro homem fez uma careta.

— Eu mandei buscá-lo, não foi? Falei para Ivan lhe dizer que eu me lembrava.

— As coisas que Ivan diz e as coisas que você diz muitas vezes não são semelhantes. — Por fim, o dr. Bleak olhou para Jack e Jill.

Jill tinha parado de comer. Ambas estavam sentadas muito, muito imóveis.

O dr. Bleak fez uma careta para as batatas manchadas de vermelho no prato de Jill. A carne já tinha terminado havia muito tempo, mas os sinais permaneciam.

— Estou vendo que você já fez a sua escolha. *Isso* não fazia parte do nosso acordo.

— Eu permiti que as meninas escolhessem as refeições — disse o primeiro homem, parecendo afrontado. — Não é culpa minha se ela prefere a carne malpassada.

— Humm — disse o dr. Bleak de maneira evasiva. Ele se concentrou em Jill. — Qual é o seu nome, criança? Não tenha medo. Não estou aqui para machucá-la.

— Jillian — sussurrou Jill, com a voz trêmula.

— O dr. Bleak mora fora da vila — disse o primeiro homem. — Ele tem uma choça. Ratos e aranhas e essas coisas. Não é nada, em comparação a um castelo.

O dr. Bleak revirou os olhos.

— Sério? *Sério?* Você vai apelar para insultos mesquinhos? Eu ainda não fiz a minha escolha.

— Mas, já que você está claramente decidindo por aquela que eu estava inclinado a favorecer, não sinto vergonha em fazer a minha defesa — retrucou o primeiro homem. — Além disso, *olhe* para elas. Uma dupla igual! Como você pode relutar em conceder-me o desejo de manter as duas?

— Espere — disse Jack. — O que você quer dizer com "manter"? Não somos cachorros perdidos. Sentimos muito por ter invadido seu grande campo sinistro, mas não vamos *ficar* aqui. Assim que encontrarmos uma porta, vamos para casa.

O primeiro homem deu um sorriso presunçoso. O dr. Bleak, por outro lado, parecia... bem, quase triste.

— As portas aparecem quando querem — esclareceu ele. — Vocês podem ficar aqui por muito tempo.

Jack e Jill estavam com expressões idênticas de preocupação. Jill falou primeiro:

— Tenho treino de futebol — disse ela. — Não posso perder. Eles vão me cortar do time, e meu pai vai ficar furioso comigo.

— Não tenho autorização para sair — disse Jack. — Minha mãe vai ficar com muita raiva quando descobrir o que fiz. Não podemos ficar aqui por muito tempo. Simplesmente *não podemos.*

— Mas vão ficar — respondeu o primeiro homem. — Durante três dias como hóspedes da minha casa, depois como residentes estimadas, pelo tempo que for necessário para encontrar uma porta de volta para o seu mundo. *Se* encontrarem. Nem todas as desgarradas retornam aos lugares de onde fugiram. Não é mesmo, Mary?

— É verdade, milorde — respondeu Mary com uma voz desanimada e tediosa.

— O último desgarrado que veio cambaleando para as Charnecas foi um menino com cabelo de fogo e olhos como uma manhã de inverno — disse o primeiro homem. — O dr. Bleak e eu discutimos sobre quem deveria cuidar e alimentar o menino; porque nós dois amamos crianças, sabe? Elas são tão animadas, tão enérgicas. Podem fazer uma casa parecer um lar. No fim, eu ganhei e prometi ao dr. Bleak que, para manter a nossa paz, ele ficaria com o próximo desgarrado que aparecesse. Imagine a minha surpresa quando vocês duas apareceram! A Lua realmente provê.

— Onde ele está agora? — perguntou Jack, preocupada.

— Encontrou a porta para a casa dele — respondeu o dr. Bleak. — E entrou. — Ele olhou furioso para o homem do outro lado da mesa, como se o desafiasse a dizer alguma coisa.

Em vez disso, o primeiro homem simplesmente riu, balançando a cabeça.

— Tão dramático! Sempre tão dramático. Sente-se, Michel. Deixe-me alimentá-lo. Aproveite a hospitalidade da minha casa por uma noite, e talvez veja a sabedoria de deixar essas belas irmãs ficarem juntas.

— Se está tão determinado a mantê-las juntas, honre o espírito do nosso acordo e deixe as duas irem para casa comigo — disse o dr. Bleak. Suas próximas palavras foram direcionadas às meninas. — Não posso lhes dar uma vida de luxo. Não tenho serviçais e vocês precisam trabalhar para manterem-se. Mas vou lhes ensinar como o mundo funciona e vocês vão para casa mais sábias, apesar de mais cansadas. Vocês nunca serão intencionalmente machucadas sob o meu teto.

A palavra "nunca" pareceu pular em cima de Jack. O primeiro homem só lhes tinha prometido três dias. Ela olhou para Jill do outro lado da mesa e viu a irmã com os olhos ressentidos, fazendo biquinho.

— Quer comer, Michel? — perguntou o primeiro homem.

— Acho que eu devia — respondeu o dr. Bleak, e se jogou em uma cadeira como uma avalanche que finalmente chega ao fim. Ele olhou para Mary. Seus olhos eram gentis.

— Carne, pão e cerveja, se puder fazer a gentileza, Mary.

— Sim, senhor — disse Mary e até sorriu ao sair do salão.

O primeiro homem, o Mestre, levantou a taça em um brinde insolente.

— Ao futuro — disse ele. — Ele está a caminho agora, estejamos preparados ou não.

— Suponho que seja verdade — disse o dr. Bleak para ele.

— Comam — disse ele para Jack e Jill. — Vocês vão precisar de força para o que está por vir.

— Todos vamos precisar.

# 6

# A PRIMEIRA NOITE EM SEGURANÇA

Jack e Jill foram colocadas em um quarto na mesma torre redonda, em duas camas com formato de lágrimas, com a cabeça na parte mais larga e os pés apontados para a parte pontiaguda. As janelas tinham barras. A porta foi trancada.

— Para proteção — dissera Mary, antes de virar a chave e prender as duas pelo período da noite.

Muitas crianças teriam protestado contra o confinamento, procurado maneiras inteligentes de puxar as barras das janelas ou tentado quebrar a tranca da porta. Muitas crianças foram criadas para acreditar que tinham permissão para protestar contra regras desnecessárias, que sair da cama para ir ao banheiro ou pegar um copo de água não era apenas permitido, mas também encorajado, já que cuidar das próprias necessidades era mais importante do que o período de oito horas deitadas com perfeição na cama. Não Jack e Jill. As duas foram criadas para obedecer e comportar-se. Por isso, ficaram onde estavam.

(Talvez seja importante observar que, embora seguir regras possa ser um hábito perigoso, também pode significar a salvação. O solo sob a janela da torre era branco de tantos ossos de crianças que tinham tentado fazer cordas engenhosas com lençóis entrelaçados, só para descobrir que eram curtas demais. Algumas regras existem para preservar a vida.)

— Não podemos ficar aqui — sussurrou Jack.

— Temos que ficar em *algum lugar* — sussurrou Jill. — Já que precisamos esperar por uma porta, por que não esperar aqui? Aqui é agradável. Eu gosto.

— Aquele homem quer que o chamemos de "mestre".

— O outro homem quer que o chamemos de "doutor". Como pode ser diferente?

Jack não sabia como explicar que eram coisas diferentes. Simplesmente sabia que eram, que um era um título que *dizia* alguma coisa sobre a pessoa que o usava, enquanto o outro dizia o quanto aquela pessoa sabia, o quanto entendia o mundo. Um era uma ameaça, e o outro era reconfortante.

— Simplesmente é — respondeu ela por fim. — Quero ir com o dr. Bleak. Se tivermos que ir com alguém, quero que seja ele.

— Bem, *eu* quero ficar aqui — disse Jill. Ela fez uma careta para a irmã na outra cama. — Não sei por que sempre temos que fazer o que você quer.

Nunca houve um momento em que Jack tivera permissão para decidir as ações das duas. Os pais sempre estabeleceram o curso para elas, mesmo na época da escola, quando desempenhavam os papéis designados para cada uma com o fervor de atrizes que sabiam que a peça seria cancelada se cometessem um único erro. Jack estava calada, magoada, perguntando-se como a irmã podia ler o mundo de um jeito tão errado.

Finalmente, com a voz suave, ela falou:

— Não precisamos ficar juntas.

Jill apreciava a ideia de passar mais tempo com a irmã. Era... legal. Era legal sentir que estavam juntas como se fossem, como se realmente *concordassem* em alguma coisa. Mas ela gostava daqui, do castelo grande e elegante, com pratos de prata e o homem sorridente de capa preta comprida. Gostava da sensação de estar segura atrás de muros grossos, onde aquela grande lua vermelha não podia pegá-la. Ficaria feliz de compartilhar a estadia aqui com Jack, mas não ia desistir só porque a irmã gostava mais do doutor fedorento e sujo.

— Não precisamos, mesmo — concordou ela e virou de lado, fingindo dormir.

Jack rolou de costas e encarou o teto, sem fingir nada.

As duas eram crianças cansadas e confusas, com o estômago cheio, deitadas em camas quentinhas. Em certo momento, ambas caíram no sono, tendo sonhos emaranhados até que o som da porta sendo destrancada as acordou. Elas se sentaram, ainda com as mesmas roupas sujas e cada vez mais esfarrapadas que usavam desde o começo da aventura, e observaram a porta se abrindo. Mary a segurou para os dois homens que tinham servido o jantar na noite anterior. Cada um carregava uma bandeja, colocando-a ao lado das meninas antes de tirar as tampas e revelar ovos mexidos, torrada com manteiga e fatias de presunto grossas e gordurosas.

— O Mestre espera que comam rapidamente — disse Mary, enquanto os homens recuavam para ficar atrás dela. — Ele entende que não estão em posição de limpar-se neste momento e vai perdoá-las pela sujeira. Vou aguardar no corredor até vocês terminarem e estarem prontas para vê-lo.

— Espere — disse Jack, se sentindo subitamente suja e desconfortável. Ela quase tinha se esquecido do quanto estava imunda. — Podemos tomar um banho?

— Ainda não — respondeu Mary, saindo do quarto. Mais uma vez, os homens a seguiram; o último fechou a porta.

— Por que não podemos tomar um banho? — perguntou Jack de maneira queixosa.

— Não preciso de um banho — respondeu Jill, que precisava muito.

Ela pegou o garfo e a faca e começou a cortar o presunto em pequenos quadrados.

Jack, que nunca tivera permissão para ficar suja por mais do que alguns minutos, estremeceu. Olhou para a comida e só viu manteiga, gordura e outras coisas que aumentariam a nojeira que já estava sentindo. Ela saiu da cama, deixando a comida onde estava.

Jill franziu a testa.

— Você não vai comer?

— Não estou com fome.

— *Eu* vou comer.

— Tudo bem. Posso esperar.

— Bem, você não devia. — Jill apontou para a porta. — Diga a Mary que você terminou e talvez ela deixe você tomar um banho. Ou vai deixar você falar com seu novo amiguinho doutor. Você gostaria disso, não é?

— Gostaria mais de um banho — disse Jack. — Tem certeza de que você não se importa?

— Vou roubar toda a sua torrada — disse Jill com serenidade.

Com essa frase, Jack percebeu duas coisas muito importantes. Primeiro: a irmã ainda achava que isso era uma aventura, algo que só ia durar até ela estar cansada de tudo e que depois ela iria embora sem problemas. Segundo: ela precisava ir embora o mais rápido possível.

O Mestre — como ela odiava o fato de estar começando a pensar nele desse jeito! — parecia ser o tipo de pessoa que queria que menininhas fossem decorativas e bonitas, como brinquedos enfileirados em uma prateleira. Ele não desejou mantê-las juntas porque irmãs precisavam ficar juntas. Ele apenas queria ter um par de bonecas iguais.

Se ela não conseguisse tirar Jill daqui, não poderia ficar. Se ficasse, ela seria melhor como decoração. Ela se destacaria de Jill. Não seriam iguais, por mais que tentassem. E o Mestre...

Jack não entendia como, mas sabia que ele não ia gostar disso. Ele ficaria descontente. E elas não iam gostar nadinha do descontentamento dele.

Seu vestido estava duro e as meias-calças estavam grudadas nas pernas como ataduras quando saiu para o corredor. Conforme prometera, Mary a esperava ali com os dois serviçais.

— Tudo certo? — perguntou ela.

Jack assentiu.

— Jill ainda está comendo. — respondeu ela. — Posso esperar aqui com você até ela terminar.

— Não há necessidade — disse Mary. — O Mestre não gosta de perder tempo. Se quer que ele escolha você, é melhor descer agora mesmo.

— E se eu não quiser que ele me escolha?

Mary fez uma pausa. Encarou os dois homens de olhos mortos, avaliando. Depois olhou ao redor do corredor como um todo, parecendo vasculhar cada rachadura e cada canto.

Por fim, quando teve certeza de que estavam sozinhos, voltou sua atenção para Jack.

— Se não quiser ser escolhida, é melhor fugir, menina. Você desce até a sala do trono...

— Sala do trono? — indagou Jack com a voz aguda.

— Sim. Diga ao dr. Bleak que você quer ir com ele e *fuja*. O Mestre gosta do apetite da sua irmã, mas também gosta da sua postura. Gosta da maneira como você se senta. Ele vai brincar com ela até o fim dos três dias, depois vai escolher você e partir o coração dela. Vai alegar que o dr. Bleak poderia deixar as duas aqui, mas ele sabe muito bem que o dr. Bleak nunca faria isso. Quando ele pode salvar uma desgarrada, ele salva. Adoraria que tivesse me salvado. — Havia fogo nos olhos de Mary, claros e queimando como uma vela. — Sua irmã vai ficar mais segura se você for embora. Ele vai ter que transformá-la em uma dama antes de transformá-la em filha, e quem sabe? Você pode encontrar sua porta antes que isso aconteça.

— Você era...? — Jack parou, sem saber como terminar a pergunta.

Mary assentiu.

— Eu era. Mas nunca desejei ser filha dele. Quando o Mestre me pediu para deixar que ele fosse meu pai, respondi que não. Assim, ele me manteve como lembrete para os outros desgarrados de que há mais locais em uma casa nobre do que a cabeceira da mesa. Ele nunca vai machucá-la sem que ela o convide: você não precisa preocupar-se com isso. Homens como ele não podem entrar a menos que você o convide. Você vai ter tempo.

— Tempo para quê?

— Tempo para descobrir por que vocês foram chamadas para as Charnecas; tempo para decidir se quer ficar ou não. — Mary se empertigou, e o fogo pareceu se apagar quando ela falou com o homem de olho morto mais próximo. — Leve a menina para ver o Mestre. Vá rápido. Você precisa estar de volta aqui antes que a segunda menina esteja pronta para descer.

O homem assentiu, mas não respondeu. Fez um sinal para Jack segui-lo e começou a descer os degraus. Jack olhou para Mary. Esta balançou a cabeça e não disse nada. O tempo para as palavras entre elas havia acabado, aparentemente; o que Jack faria a partir dali caberia somente a ela. Jack hesitou. Ela olhou para a porta do quarto onde a irmã estava sentada, comendo o café da manhã.

Então desceu a escada.

O homem de olho morto tinha previsto sua resistência; aguardava no primeiro patamar, silencioso e apático como sempre. Quando Jack aproximou-se, ele começou a andar de novo, deixando que o seguisse. O passo dele era comprido o suficiente para fazê-la se apressar, até parecer que os pés dela mal encostavam no chão, como se fosse tropeçar e cair escada abaixo.

Mas isso não aconteceu. Eles chegaram ao fim e entraram no grande salão de jantar. O Mestre e o dr. Bleak sentavam-se em pontas opostas da mesa, observando um ao outro com cautela. O dr. Bleak estava com um prato de comida diante de si, mas não o tocava. O Mestre estava com outra taça de vinho tinto grosso. O homem de olho morto entrou em silêncio. Jack não, e o Mestre e o dr. Bleak viraram-se ao som de sua chegada.

O Mestre olhou para as manchas no vestido e o emaranhado no cabelo dela, e sorriu.

— Tão ansiosa — disse ele, a voz praticamente um ronronado. — Você fez sua escolha, então? Está claro que deseja ser a primeira a escolher seu guardião. — *Está claro que você vai me escolher*, disse o silêncio que se seguiu.

— Fiz — respondeu Jack.

Ela endireitou as costas ao máximo, tentando não deixar os ombros e os joelhos tremerem. A escolha parecera difícil quando estava sozinha com a irmã. Agora, com os dois homens olhando para ela, parecia impossível.

Mesmo assim, seus pés moveram-se de alguma forma e a carregaram pela extensão do salão até ela ficar ao lado de um surpreso dr. Bleak.

— Eu gostaria de trabalhar para você, por favor — disse ela. — Eu gostaria de aprender.

O dr. Bleak olhou para as mãos macias da menina e para o vestido de renda cheio de babados e franziu a testa.

— Não vai ser fácil — disse ele. — O trabalho vai ser árduo. Você vai ter bolhas e vai sangrar e vai deixar uma parte de si para trás se um dia for embora.

— Você nos disse isso na noite passada — disse Jack.

— Não tenho tempo para roupas elegantes e joias. Se quiser essas coisas, você deve ficar aqui.

Jack franziu a testa, os olhos semicerrados.

— Na noite passada você queria nós duas, apesar de querer mais a minha irmã — disse ela. — Agora, parece que você não me quer de jeito nenhum. Por quê?

O dr. Bleak abriu a boca para responder. Então parou, inclinou a cabeça para o lado e respondeu:

— Sinceramente, não sei. Uma aprendiz motivada é sempre melhor do que uma de má vontade. Devo voltar para buscá-la daqui a dois dias?

— Prefiro ir com você hoje — disse Jack.

Tinha a sensação de que, se hesitasse, nunca iria embora e, mais uma vez, isso seria ruim para a irmã: Jill, que sempre fora a forte, sempre fora a talentosa, mas que nunca esperavam que fosse a *inteligente*. Jill confiava com muita facilidade e magoava-se com mais facilidade ainda.

Jack tinha que ir *agora*.

Se o dr. Bleak ficou surpreso, não demonstrou. Simplesmente assentiu e disse:

— Como quiser — e se levantou, oferecendo uma reverência discreta ao Mestre. — Obrigado por honrar nosso acordo. Como a minha me escolheu, a segunda constitui a sua vez. O próximo desgarrado que entrar nas Charnecas é meu por direito.

— Como a sua escolheu você e me desprezou, o que me impede de matá-la agora mesmo? — O Mestre parecia entediado. Isso não impediu o medo de se enroscar no coração de Jack, onde ficou parado, pesado e esperando, como uma serpente preparando-se para atacar. — Ela abriu mão da proteção da minha casa ao rejeitar-me.

— Ela é mais útil viva — comentou o dr. Bleak. — Ela é o espelho da irmã. Se alguma coisa... acontecesse com a primeira, você poderia lançar mão da segunda para garantir sua sobrevivência. E, se a matar, estará quebrando a nossa barganha. Você quer mesmo brigar comigo? Acha que este é o momento?

O Mestre fez uma cara feia, mas não se levantou.

— Como quiser, Michel — disse ele, parecendo quase entediado. Seus olhos foram até Jack, calmos como se não tivesse acabado de ameaçá-la. — Se ficar cansada de viver na imundície, menina, sinta-se livre para voltar. Minhas portas estão sempre abertas para alguém adorável como você.

Jack, que estava havia muito tempo cansada de ser vista como apenas "adorável" e que não tinha esquecido a ameaça, mesmo que o Mestre tivesse, não falou nada. Assentiu e deu um passo para perto do dr. Bleak. Quando este saiu do salão, ela o seguiu.

M as basta de Jack por enquanto: esta é uma história sobre duas crianças, mesmo que às vezes seja necessário seguir uma e deixar a outra. É assim que costuma acontecer. Dê uma oportunidade às crianças e elas se espalham, obrigando que escolhas sejam feitas, obrigando quem as procura a correr por todos os tipos de corredores escuros. Portanto...

Jill tomou o café da manhã e, quando terminou, comeu o de Jack, o tempo todo olhando furiosa para a cama vazia da irmã. *Jack idiota*. Elas finalmente estavam em um lugar onde alguém *gostava* do rosto compartilhado das duas, do reflexo compartilhado, e agora Jack ia simplesmente ir embora e abandoná-la. Deveria saber que Jack não gostaria de começar a ser uma gêmea agora. Não quando havia passado tantos anos evitando isso.

(Não ocorreu a Jill que Jack evitava, assim como ela, puramente pelo desejo dos pais, e nunca por vontade sincera. Os pais haviam feito tudo que puderam para apagar as linhas da irmandade, deixando Jack e Jill presas no meio. Porém Jack tinha ido embora, e Jill não, e naquele momento, isso era tudo que importava.)

Quando o último pedaço de torrada fora usado para raspar o último resto de ovo, Jill finalmente saiu da cama e foi até a porta. Mary estava esperando ali e fez uma reverência quando Jill apareceu.

— Senhorita — disse ela. — O café da manhã estava a seu gosto?

Jill, que nunca havia sido tratada como se fosse *importante* – muito menos por adultos – ficou radiante.

— Estava ótimo — respondeu ela, impressionada. — Você cuidou da minha irmã?

— Sinto muito, senhorita, mas acredito que ela já tenha ido embora com o dr. Bleak. Ele não costuma ficar muito tempo longe do laboratório.

O rosto de Jill desabou.

— Ah — disse ela.

Até aquele momento, ela não tinha percebido o quanto esperava que Jack tivesse mudado de ideia, que estivesse arrependida e faminta na escada.

Jack podia desperdiçar a chance de ser uma princesa e morar em um castelo. Jack já sabia como era ser tratada como realeza, ter o vestido bonito, a tiara brilhante e o amor de todos ao redor. Será que ela perceberia o próprio erro e voltaria se arrastando? E Jill a perdoaria?

Provavelmente. Seria bom compartilhar essa aventura com a irmã.

— O Mestre está esperando, senhorita — disse Mary. — Está preparada para vê-lo?

— Estou — respondeu Jill, e alguma coisa no fundo dela disse *não*. Uma voz calma e baixinha que entendia o perigo que as duas estavam correndo, mesmo que esse perigo fosse vago e maldefinido. Jill endireitou um pouco as costas, ergueu o queixo como tinha visto Jack fazer quando mostrava um vestido novo para as amigas da mãe e engoliu o medo o máximo que pôde. — Quero dizer a ele que vou ficar.

— Você não tem escolha agora, senhorita — disse Mary. Seu tom era de cautela, quase um pedido de desculpas. — Quando sua irmã escolheu ir, você foi destinada a ficar.

Jill franziu a testa, e a voz calma e baixinha que havia aconselhado a ter cautela foi instantaneamente silenciada diante dessa nova injúria.

— Como assim, *ela* escolheu? Eu não tive essa opção?

— Isso, senhorita. Não pretendo falar fora de hora, mas seria bom aproximar-se do Mestre com deferência. Ele não gosta de ser o segundo escolhido.

Jill também não, e a vida toda fora a segunda escolhida. Naquele instante, um amor quente e forte pelo homem sem nome no castelo solitário a tomou, afastando qualquer resquício de cautela. O Mestre não era o segundo melhor por um bom motivo, como ela. Bem, ela ia fazê-lo entender que isso não era verdade. Ela o escolhera antes mesmo de Jack saber que o idiota do dr. Bleak existia. Seriam felizes juntos até a porta para casa se abrir e nunca mais seriam os segundos melhores. Nunca.

— Eu o escolhi primeiro. Jacqueline não tomou o café da manhã para poder parecer a estrela — disse Jill, cheia de amargura e de uma raiva fria. — Eu direi isso a ele.

Mary tinha visto muitos desgarrados irem e virem desde sua chegada às Charnecas. Ela olhou para Jill e, pela primeira vez, sentiu que talvez o Mestre ficasse satisfeito. Esta poderia viver por tempo suficiente para ir embora, supondo que a porta para casa um dia se abrisse.

— Siga-me, senhorita — disse ela e deu meia-volta, descendo a escada até onde o Mestre esperava, imóvel e silencioso como sempre quando não via nenhuma necessidade de mover-se.

(Como as crianças que cambaleavam pelas portas ocasionais entre as Charnecas e outros lugares não conseguiam ver que ele era um predador, Mary não entendia. Ela o reconhecera como predador no instante em que o vira. Era um perigo familiar: a família da qual ela estivera fugindo era igualmente predatória, mesmo que as predações fossem de natureza mais mundana. Ela havia ficado confortável sob os cuidados dele porque o conhecia. No entanto, não foi surpreendente quando ele revelou-se para ela. Isso era raro. A maioria das crianças que andavam por esses corredores ficava bem terrivelmente surpresa quando chegava a hora delas, não importava o quanto tinham sido alertadas. Nunca haveria alertas suficientes.)

O Mestre estava sentado à mesa, bebericando irritado de uma taça de prata, quando elas entraram no salão de jantar. Ele olhou para Mary – e, portanto, para Jill – com olhos semicerrados e desinteressados. E baixou a taça.

— Suponho que estamos presos um ao outro — disse ele, olhando para Jill.

— Eu escolhi você — disse Jill.

O Mestre ergueu as sobrancelhas.

— É mesmo? Não me lembro de ver você na minha frente antes que sua irmã tola fosse embora com aquele doutor imundo. Parece que me lembro de estar sentado aqui sozinho, sem uma desgarrada ao meu lado, quando ela desceu aquela escada e declarou sua intenção de ir embora com ele.

— Ela disse que não queria ficar — explicou Jill. — Achei que seria melhor tomar meu café da manhã e deixá-la ir. Dessa forma, eu estaria preparada para qualquer coisa que você queira que eu faça hoje. Perder uma refeição não é saudável.

— Não é mesmo — disse o Mestre, com um lampejo do que poderia ter sido diversão. — Você jura que me escolheu antes que ela o escolhesse?

— Eu o escolhi assim que o vi — disse Jill com sinceridade. — Não gosto de mentirosos.

— Eu não minto.

O Mestre inclinou a cabeça, olhando para ela com novos olhos. Por fim, disse:

— Você vai precisar tomar banho e trocar de roupa, caso deseje viver comigo. Minha casa tem certos padrões. Mary vai ajudá-la a cumpri-los. Você deve se apresentar quando eu quiser e, fora dessas ocasiões, deve ficar longe do meu olhar. Vou chamar tutores e alfaiates; não vai lhe faltar nada. Tudo que peço em troca é sua lealdade, sua dedicação e sua obediência.

— A menos que a porta dela apareça — argumentou Mary.

O Mestre lançou um olhar incisivo e desconfiado na direção de Mary. Ela se empertigou e encontrou seus olhos sem hesitar. No fim, surpreendentemente, foi o Mestre que desviou o olhar.

— Você sempre será livre para usar a porta de volta para seu lar original — esclareceu ele. — Estou preso a um pacto tão antigo quanto as Charnecas de deixá-partir, se esse for verdadeiramente o seu desejo. Mas espero que, quando aquela porta se abrir, você possa descobrir que prefere a minha companhia.

Jill sorriu. O Mestre retribuiu o sorriso, e seus dentes eram muito afiados e muito brancos.

As duas meninas, por rotas diferentes e estradas distintas, tinham encontrado um lar.

# 7

## PEGAR UM BALDE DE ÁGUA

O dr. Bleak morava fora do castelo, fora da vila, fora do largo muro de aparência segura. Os portões se abriram quando ele se aproximou, e ele atravessou a passos largos, sem olhar se Jack o seguia. Ela estava – claro que estava –, mas sua vida tinha sido definida por sentar-se em silêncio e ser decorativa, permitindo que coisas interessantes viessem a ela, em vez de persegui-las no meio de samambaias e arbustos. Seu peito parecia estar apertado demais. O coração martelava e a lateral de seu corpo doía, impossibilitando a fala.

Uma vez, apenas uma, ela tropeçou, parou e ficou de pé, cambaleando, os olhos fixos nos pés enquanto tentava recuperar o fôlego. O dr. Bleak continuou por alguns passos antes de parar. Mesmo assim, não olhou para trás.

— Você não é Eurídice, mas não vou me arriscar a perdê-la para algo tão trivial — disse ele. — Você precisa ser mais forte.

Jack, que não conseguia respirar, não disse nada.

— Teremos tempo para melhorar o que pode ser melhorado e compensar o que não pode — disse ele. — Mas a noite cai depressa aqui. Recupere-se e recomece.

Jack inspirou fundo, trêmula, dando um passo e depois outro. O dr. Bleak esperou até ouvi-la dar o terceiro passo. Então recomeçou seu progresso, confiando que Jack acompanharia o ritmo.

Ela o fez. Claro que o fez. Não lhe restava outra opção. Se ela lembrava com saudade na cama macia em que passara a noite ou no salão de jantar confortável onde o Mestre lhes servira coisas delicadas em bandejas de prata, bem... Jack tinha doze anos; nunca precisara trabalhar por nada na vida. Era razoável ela desejar algo que parecesse quase familiar, mesmo que soubesse, até os ossos, que não *quereria* aquilo para si mesma.

O dr. Bleak a conduziu pelo meio das samambaias e arbustos, subindo pela ladeira de uma colina, até a silhueta de um moinho de vento aparecer ao longe. Parecia muito próximo e, depois, conforme andavam e andavam e não chegavam, ela percebeu que, na verdade, ele era muito grande. Era um moinho de vento feito para dominar o céu inteiro. Jack encarou. O dr. Bleak caminhou e ela o seguiu até o mato rasteiro dar lugar a uma trilha de terra batida, e eles começaram a subida final até o moinho de vento. A última parte da colina era mais íngreme que o resto, terminando a uns três metros da porta. O terreno ao redor da base tinha sido desobstruído e era coberto de canteiros com plantas verdes que Jack nunca tinha visto.

— Não toque em nada até saber o que é — disse o dr. Bleak, com certa delicadeza. — Nenhuma pergunta sincera ficará sem resposta, mas muitas coisas aqui são perigosas para os despreparados. Entendeu?

— Acho que sim — disse Jack. — Posso fazer uma pergunta agora?

— Pode.

— O que você quis dizer mais cedo, sobre lançar mão de mim para salvar Jill?

— Eu quis dizer sangue, menina. Tudo se resume a sangue aqui, de um jeito ou de outro. Entendeu?

Jack hesitou antes de balançar a cabeça.

— Você vai entender — disse o dr. Bleak e pegou uma grande chave de ferro no bolso do avental, destrancando a porta do moinho de vento.

O cômodo do outro lado era amplo, grande o suficiente para parecer cavernoso, delimitado em todos os lados pelas paredes curvas do moinho, mas não menos intimidador pelas suas limitações. O teto tinha mais de seis metros de altura coberto com coisas pendentes que Jack nunca havia visto na vida: répteis e pássaros empalhados e algo que parecia um pterodáctilo, com asas de couro bem abertas e congeladas pela eternidade. Estantes de ferramentas e prateleiras repletas de frascos estranhos e utensílios ainda mais estranhos cobriam as paredes.

Havia uma grande mesa de carvalho perto da menor das três lareiras do salão e o que parecia uma mesa cirúrgica bem no meio de tudo, distante de qualquer fonte de calor. Havia máquinas misteriosas e jarros preenchidos com espécimes terríveis que pareciam segui-la com os olhos inanimados. Jack andou lentamente até o centro do salão, absorvendo tudo ao seu redor.

Uma escada em espiral ocupava o meio do salão, descendo até o porão e subindo até a parte mais alta da estrutura, onde devia haver outros cômodos, outras maravilhas aterrorizantes. Parecia estranho um moinho de vento ter um porão. Era algo em que ela nunca havia pensado.

O dr. Bleak a observou, a porta ainda aberta atrás de si. Se a menina fosse fugir gritando para a noite, seria agora. Esperava que a outra viesse também, a de cabelo curto e unhas quebradas e sujas de brincar no quintal. Ele sabia que a maioria das aparências podia ser enganosa, mas descobrira que certos sinais costumavam ser verdadeiros. Essa menina parecia mimada, protegida; meninas como ela não costumavam se desenvolver em locais como este.

Ela parou de olhar. E virou-se para ele. Arrancou a saia manchada e cada vez mais rígida do vestido.

— Acho que isso vai prender nas coisas — disse ela. — Tem outra coisa que eu possa vestir?

O dr. Bleak ergueu as sobrancelhas.

— Essa é sua única pergunta?

— Não sei o que são a maioria dessas coisas, mas você disse que ia me ensinar — comentou Jack. — Não sei que perguntas eu *deveria fazer*, então acho que vou deixar você me dar as respostas, depois posso encontrar perguntas que combinam com elas. Não posso fazer isso se ficar enroscando nas coisas o tempo todo.

O dr. Bleak lançou-lhe um olhar avaliador, fechando a porta. Por algum motivo, não estava mais preocupado com uma fuga.

— Eu avisei que você ia trabalhar, se viesse comigo. Vou causar calos nas suas mãos e escoriações nos seus joelhos.

— Não me importo de trabalhar — disse Jack. — Nunca trabalhei muito, mas estou cansada de ficar sentada e imóvel.

— Muito bem. — O dr. Bleak atravessou o salão até uma das prateleiras altas. Esticou-se e pegou um baú, com tanta leveza que ele parecia feito de teias de aranha e ar. Ao colocá-lo no chão, ele disse: — Pegue o que quiser. Tudo está limpo; nada é guardado aqui sem ser lavado antes.

Jack ouviu como se fosse uma instrução e assentiu antes de se aproximar cuidadosamente do baú e ajoelhar-se para abri-lo. Estava cheio de roupas de criança, algumas de estilos que ela jamais vira. Muitas pareciam antiquadas, como se tivessem saído de um filme em preto e branco. Outras eram feitas de tecido brilhoso, quase futurista, ou cortadas para caber em corpos que ela não conseguia imaginar, com troncos tão compridos quanto pernas ou com três braços ou sem buraco para a cabeça.

No fim, escolheu uma camisa branca de algodão com punhos e colarinho engomados e uma saia preta com comprimento até o joelho, feita de algo que parecia lona. Seria robusta o suficiente para ela aprender a trabalhar, dificilmente prendendo nas coisas ou fazendo-a parar. A ideia de usar as roupas íntimas de outra pessoa era desconcertante, não importava quantas vezes tivessem sido lavadas com cloro, mas acabou escolhendo uma calcinha branca também, seu rosto queimando com a indignidade disso tudo.

O dr. Bleak, que a observara fazendo as escolhas (exceto a calcinha; quando percebeu o que ela procurava, virou-se educadamente para o lado), não sorriu; sorrir não era característico dele. Só assentiu em aprovação e disse:

— No andar de cima, você vai encontrar vários cômodos vazios. Um deles será seu, para guardar suas coisas, para usar quando precisar ficar sozinha. Você não vai ter muitas oportunidades de ficar ociosa. Sugiro que as aproveite quando puder.

Jack hesitou.

— Sim? — perguntou o dr. Bleak.

— Eu... não é só o meu vestido que está imundo — disse Jack, fazendo uma certa careta, como se nunca tivesse admitido estar suja na vida. E talvez não mesmo: talvez ela nunca tivera essa oportunidade. — Existe alguma chance de eu tomar um banho?

— Você vai ter que transportar a água e aquecê-la, mas, se isso é tudo que deseja, sim. — O dr. Bleak fechou o baú, colocando-o de volta na prateleira onde ficava. Em seguida, puxou uma grande tina de estanho de um gancho que ficava preso no teto. Era baixa o bastante para Jack achar possível engatinhar para dentro dela se precisasse, quase tão grande quando a banheira de sua casa.

Os olhos dela se arregalaram. A banheira de sua casa. Esta e aquela eram iguais, separadas por séculos de avanços tecnológicos, mas servindo ao mesmo propósito.

O dr. Bleak colocou a tina em frente à maior das três lareiras antes de pegar uma chaleira na prateleira e entregá-la a Jack.

— O poço fica lá fora — disse ele. — Volto daqui a duas horas. Descubra como se limpar. — E sumiu, dando passos largos até a porta e saindo para as Charnecas, deixando Jack perplexa com a chaleira na mão.

— O Mestre quer você limpa e elegante — disse Mary, passando uma escova nos fios emaranhados do cabelo de Jill. Ela rangeu os dentes, tentando não se encolher. Estava acostumada a escovar o próprio cabelo, e às vezes deixava que os nós se formassem durante semanas, até terem que ser cortados.

O quarto para o qual fora transferida era pequeno e tinha um cheiro pungente de talco e cobre. As paredes eram cobertas com um papel do rosa mais pálido, e uma penteadeira como a da mãe dela ocupava uma parede inteira. Não havia espelho. Essa era a única coisa de fato estranha no quarto, que, do contrário, era constrangedoramente familiar para Jill, o tipo de fortaleza feminina na qual ela sempre fora proibida de entrar. Sua irmã era quem deveria estar sentada no banquinho, com alguém escovando seu cabelo, pronta para "ficar elegante".

— É uma pena ser tão curto — comentou Mary, aparentemente alheia ao desconforto de Jill. — Bem, cabelo cresce. Pelo menos desse jeito ele vai poder decidir de qual comprimento gosta mais sem cortar algo que já existe.

— Vou poder deixar meu cabelo crescer? — perguntou Jill, subitamente esperançosa.

— O suficiente para cobrir sua garganta — disse Mary, e seu tom era apavorante, mas Jill não percebeu. Estava ocupada demais pensando em como ficaria com o cabelo comprido, como seria a sensação dele caindo na nuca. Será que os adultos na rua iam sorrir para ela do jeito que sorriam para Jack, como se ela fosse algo especial, algo *bonito*, e não apenas mais uma moleca?

O problema de negar às crianças a liberdade de serem elas mesmas – de forçá-las a uma ideia do que deveriam ser, sem permitir que escolham os próprios caminhos – é que, com muita frequência, a pessoa que faz o projeto não sabe nada dos desejos do seu modelo. Crianças não são massas disformes, para serem moldadas de acordo com os caprichos do escultor, nem são bonecas vazias mas idênticas, esperando para serem colocadas no modo que lhes cabe melhor. Se você der uma caixa de brinquedos a dez crianças, vai vê-las escolhendo dez brinquedos diferentes, independentemente de gênero, religião ou expectativas dos pais. As crianças têm *preferências*. O perigo é quando elas, como acontece com qualquer ser humano, têm suas preferências negadas por muito tempo.

Jill sempre quis saber como era ter permissão para ter cabelo comprido, para usar uma saia bonita, para sentar ao lado da irmã e ouvir as pessoas dizendo que as duas formavam um par adorável. Sim, ela gostava de esportes e de ler livros; gostava de *saber* coisas. Ela provavelmente teria sido jogadora de futebol mesmo que o pai não tivesse insistido, definitivamente teria visto naves espaciais na TV e super-heróis no cinema, porque a essência de *Jill* não tinha nada a ver com os desejos dos pais e tudo a ver com os desejos do coração. Mas ela teria feito algumas dessas coisas usando um vestido. Ter metade de tudo que ela desejava negado por tanto tempo a deixara vulnerável a eles: era o fruto proibido e, como todas as coisas proibidas, até mesmo a promessa delas era deliciosa.

— Seu cabelo vai demorar a crescer — disse Mary, vendo que seus alertas não tinham sido ouvidos. — Já as roupas nós podemos consertar imediatamente: a tempo do almoço. Um banho foi preparado para você. — Ela deixou a escova de lado, fazendo sinal para Jill sair da cadeira. — Seu novo traje estará pronto quando você sair.

Jill levantou-se, cheia de olhares e expectativas.

— Para onde eu vou?

— Ali — respondeu Mary, indicando uma porta que não estava naquele local no instante anterior.

Jill hesitou. Portas eram coisas perigosas. O Mestre (e aquele pavoroso dr. Bleak) tinham falado sobre portas que a levariam de volta para casa, mas ela não estava *pronta* para ir para casa. Queria ficar ali, aproveitar a aventura em um mundo no qual tinha permissão para ter cabelo comprido, usar saias e ser quem ela quisesse ser.

Mary viu a hesitação e suspirou, balançando a cabeça.

— Não é a porta para sua casa — disse ela. — O castelo do Mestre é maleável e se adequa às nossas necessidades. Vá. Tome um banho. Não é prudente deixá-lo esperando.

Os alertas de Mary podem ter passado despercebidos, mas Jill tinha crescido cercada de adultos que diziam uma coisa e faziam outra, adultos tão consumidos por *desejos* que nunca lhes ocorreu pensar se as crianças também sabiam alguma coisa sobre desejos. Ela sabia que, se pudesse evitar, não devia decepcionar ninguém.

— Tudo bem — disse ela e abriu a porta, entrando na gruta de uma sereia, no santuário de uma menina submersa. As paredes tinham azulejos azuis e prateados brilhantes, como escamas, arqueados para formar a cúpula alta e pontiaguda do teto. Era uma flor congelada no momento anterior à sua abertura; era uma lágrima transformada em cristal antes de cair. Havia pequenos nichos nas paredes, cheios de velas que lançavam uma luz dançante sobre tudo que tocavam.

O piso era muito estreito, com pouco mais de sessenta centímetros na parte mais larga, circulando a parte externa do ambiente. O resto caía em uma bacia cheia de água com aroma doce, pontilhada com bolhas de espuma amontoadas. Tudo cheirava a rosas e baunilha. Jill parou e encarou. Aquilo era... maravilhoso. Era incrível, e era *tudo para ela*.

Uma pontada de prazer e presunção alojou-se em seu coração. Jack não estava aqui. Jack não estava neste cômodo, olhando para um banho digno de princesa de conto de fadas. Aquilo era só dela. Ela era a princesa nesta história.

(Será que ela teria se sentido mal com sua presunção se soubesse que, naquele mesmo instante, Jack aprendia o processo de pegar água no poço, levar até a chaleira e depois à banheira de estanho sem se queimar ou congelar? Ou ela teria ficado encantada de pensar na irmã segura e mimada sentada na água morna até os quadris, marinando na própria sujeira, esfregando a pior parte com esponjas amarelas frágeis que tinham sido coisas vivas e agora só eram lembradas pelos seus ossos? Como elas se afastam com mais facilidade quando há um motivo para se sentir superior, não é mesmo?)

Jill tirou a roupa manchada e imunda e entrou no banho. A temperatura estava perfeita, e a água estava macia e sedosa com perfumes e óleos. Ela afundou até o queixo e fechou os olhos, curtindo o calor, curtindo a sensação de que, em breve, estaria *limpa*.

Um tempo indefinido depois, houve uma batida na porta, e a voz de Mary disse bruscamente:

— Hora de sair, senhorita. Suas roupas estão prontas e está quase na hora do almoço.

Jill saiu do transe, abrindo a boca para protestar. Como podia ser hora do almoço se tinham acabado de tomar o café da manhã? No entanto, seu estômago roncou alto. A água ainda estava morna, mas talvez isso não importasse em um cômodo mágico dentro de um castelo mágico.

— Estou indo! — gritou ela e saiu cambaleando pela água em direção ao local onde deixara as roupas.

Elas tinham sumido, deixando uma toalha e um roupão no lugar. Entendendo o que se esperava dela, Jill secou o corpo com a toalha e o cobriu com o roupão, que era tão macio e branco que sua sensação era parecida com as bolhas de sabão do banho. Não havia um porta-toalhas nem um cesto de roupas. Ela dobrou a toalha usada com todo cuidado e a colocou na base da parede, na esperança de que estivesse arrumado o suficiente, que fosse *boa* o bastante para seu anfitrião. Ela saiu do salão e foi para onde Mary a aguardava.

A criada lhe deu uma olhada minuciosa de cima a baixo antes de dizer, em um tom levemente surpreso:

— Suponho que esteja razoável. Aqui. — Ela pegou uma pilha de tecidos claros, roxos, azuis e brancos, as mesmas cores de uma escoriação em processo de cura, e jogou para a menina. — Vista-se. Se precisar de ajuda com os botões, estarei aqui. O Mestre a espera.

Jill assentiu em silêncio enquanto pegava as roupas e não ficou surpresa ao ver que um biombo tinha aparecido no lado mais distante do quarto. Ela foi para trás dele, colocando as roupas no banquinho antes de desamarrar o roupão e começar a se vestir.

Ficou aliviada ao ver que as roupas íntimas eram conhecidas: uma calcinha e uma camiseta fina. Mas o vestido... Ah, o *vestido*.

Era um oceano de seda em cascata, um mar de tecido drapeado. Não era um vestido adulto, feito para dar graciosidade a uma adulta; era um vestido de fantasia feito para uma criança, que a fazia parecer tanto uma orquídea invertida quanto ela parecia uma menina. Foram necessárias três tentativas para descobrir qual era o buraco da cabeça e quais eram os dos braços e, quando ela terminou, a coisa toda pareceu cair desengonçada ao redor, sem se ajustar adequadamente.

— Mary? — perguntou ela com esperança.

A criada apareceu na ponta do biombo, estalando a língua quando viu o estado em que Jill estava.

— Você tem que amarrar, se quiser que caiba — disse ela, e começou a fechar os botões, cordões e ilhóses, tantos que a cabeça de Jill girou só de ver os dedos de Mary se moverem.

Mas, quando Mary terminou, o vestido parecia ter sido feito sob medida para Jill. Olhando para baixo, ela viu os dedos do pé sob as saias em cascata e sentiu-se agradecida. Sem esse pequeno defeito, tudo estaria perfeito demais para ser real. Ela levantou o olhar. Mary segurava uma gargantilha roxa com um pequeno pingente de pérola e ametista pendurado no meio. Sua expressão era grave.

— Agora você faz parte do lar do Mestre — disse ela. — Você deve usar sua gargantilha sempre, sempre que estiver na companhia de todas as pessoas que não sejam os serviçais. Isso inclui o Mestre. Está me entendendo?

— Por quê? — perguntou Jill.

Mary balançou a cabeça.

— Você vai entender em breve — respondeu ela.

Ela inclinou-se para a frente e amarrou a gargantilha no pescoço de Jill. Era apertada, mas não a ponto de ser desconfortável; Jill pensou que poderia se acostumar. E era linda. Ela não usava coisas lindas com frequência.

— Pronto — disse Mary, dando um passo para trás e olhando-a com franqueza. — Você está o melhor possível sem mais tempo, e tempo é algo que não temos neste momento. Você deve sentar-se em silêncio. Fale quando alguém falar com você. Pense antes de concordar com qualquer coisa. Entendeu?

*Não*, pensou Jill, e:

— Sim — respondeu Jill, e foi isso. Não havia como salvá-la.

Mary, que não dizia a palavra "vampiro" em voz alta havia mais de vinte anos, que sabia muito bem as limitações às quais tinha que se submeter, apenas suspirou e ofereceu a mão à menina.

— Muito bem — disse ela. — Está na hora.

Quando o dr. Bleak voltou de sua saída com uma braçada de lenha e algumas ervas, encontrou Jack no quintal, limpando a gordura das laterais da banheira de estanho. Ela levantou o olhar ao ouvir os passos. Ele parou onde estava e a fitou como se a visse pela primeira vez.

Ela precisou de seis viagens até o poço e três tentativas com a chaleira, mas tinha lavado a imundície do corpo e do cabelo usando um sabão cáustico que havia encontrado perto das esponjas. O cabelo estava trançado com praticidade nas costas, e as únicas coisas que restavam da vestimenta anterior eram os sapatos limpos de couro claro. Ela ainda parecia delicada demais para ser uma assistente de laboratório adequada, mas as aparências podem enganar, e ela não tinha se negado a fazer o que ele pedira.

— O que há para o jantar? — perguntou o dr. Bleak.

— Não tenho a menor ideia, e você não ia querer comer algo que eu preparasse — disse Jack. — Não sei cozinhar. Mas estou disposta a aprender.

— Disposta a aprender, mas não a mentir?

Jack deu de ombros.

— Você teria percebido.

— Suponho que seja verdade — disse o dr. Bleak. — Você está realmente disposta a aprender?

Jack assentiu.

— Muito bem, então — disse o dr. Bleak. — Entre.

Ele atravessou o quintal com passos largos e pesados e, quando entrou pela porta aberta, Jack o seguiu sem hesitar.

Ela fechou a porta atrás de si.

# PARTE 3

# JACK E JILL COM TEMPO PARA UM DESVIO

## 8

## OS CÉUS TREMEM, AS PEDRAS SANGRAM

Seria maçante recontar cada momento, cada hora que as duas meninas passavam, uma no castelo e uma no moinho de vento, uma na riqueza e uma envolta em trapos engenhosamente remendados. Seria maçante e, portanto, não deve ser nosso foco, porque não estamos aqui para saber de coisas maçantes, não é mesmo? Não. Estamos aqui para saber de uma história, seja ela uma aventura selvagem ou um conto admonitório, e não temos tempo para perder com coisas mundanas. Mesmo assim...

Mesmo assim...

Mesmo assim, repare no castelo na escarpa, o castelo perto do mar, posicionado no topo de um penhasco decadente no ventre das terras baixas. Repare no castelo onde a menina de cabelo dourado caminha noite e dia pelas ameias em vestidos parecidos com sonhos, com a garganta escondida de olhos bisbilhoteiros, com o vento dando belos nós na comprida cortina de seu cabelo. Ela cresce e mingua como a lua, ora pálida como leite, ora saudável e rosada como qualquer menina da vila. Existem pessoas na vila abaixo que sussurram que ela é filha do Mestre, concebida por uma princesa de uma terra muito distante e finalmente devolvida ao pai quando ele uivou seu nome para o vento oeste.

(Existem pessoas na vila que sussurram coisas mais sombrias, que falam de crianças desaparecidas e lábios manchados de vermelho como rosas. Dizem que ela ainda não é uma vampira, e "ainda" é uma palavra tão poderosa e implacável que não há como questionar sua verdade nem se esconder de suas promessas.)

Mesmo assim, repare no moinho de vento na colina, o moinho de vento nas Charnecas, que se assoma mais alto que qualquer coisa ao redor, atraindo relâmpagos e provocando o desastre. Repare no moinho de vento onde a menina de cabelo dourado trabalha dia e noite com as mãos protegidas da terra por luvas de couro pesadas e de todo o resto por luvas da mais fina camurça. Ela labuta sem cessar, queima as mangas em máquinas fumegantes, força os olhos analisando as operações mais admiráveis do universo. Existem pessoas na vila perto dos penhascos que sorriem ao vê-la chegando, grudada nos calcanhares do doutor, os sapatos mais robustos e mais sensatos a cada estação. Ela está aprendendo, dizem; está encontrando seu caminho.

(Existem pessoas na vila que sussurram coisas mais sombrias, que apontam as semelhanças entre ela e a filha do Mestre. Reconhecem que um único corpo só contém certa quantidade de sangue e só aguenta certo nível de lesões. Ela ainda não foi chamada para a tarefa, mas, quando o Mestre e o dr. Bleak entram em confronto, não há a menor dúvida de quem será o vencedor.)

Repare nelas, crescendo nas novas formas que lhes foram oferecidas, crescendo e transformando-se em meninas que os pais não reconheceriam, para as quais torceriam o nariz. Repare nelas, encontrando-se neste lugar assolado pelo vento, onde nem sempre é seguro olhar para a lua.

Repare em suas camas solitárias, suas vidas solitárias, afastando-se mais e mais uma da outra, incapazes de se soltar completamente. Repare na menina de vestidos diáfanos, ansiando por um vislumbre da irmã. Repare na menina de avental sujo sentada no topo do moinho de vento, olhando para os muros distantes da cidade. Elas têm tanto e tão pouco em comum.

Alguém com olhos perspicazes poderia ver o instante em que um coração ferido começa a apodrecer enquanto o outro começa a curar-se. O tempo avança.

Há momentos-chave nos anos que estamos pulando, momentos que são histórias em si. Jack e Jill tiveram as regras no mesmo dia (uma expressão das mulheres da vila e de Mary, que veio de uma época diferente, e Jack acha fascinante pela antiguidade e Jill acha apavorante pela estranheza). Jack abarrota suas calcinhas com trapos e começa a tentar encontrar um jeito de viver. É perigoso cheirar a sangue nas Charnecas. O dr. Bleak chama as mulheres da vila para ajudá-la. Elas levam suas roupas velhas e as agulhas de costura; ela enlouquece com as ervas e plantas medicinais dele, testando combinações até chegar à certa. Juntas, Jack e as mulheres da vila fazem uma coisa mais forte e mais segura, que retém o cheiro de sangue dos narizes bisbilhoteiros. Isso as deixa seguras quando têm motivos para se aventurar fora de casa. Isso impede que monstros e o Mestre as percebam.

Elas aprendem a amá-la, pelo menos um pouco, naquele dia.

Enquanto tudo isso acontece, Jill afunda cada vez mais em seus banhos perfumados, sangrando na água, saindo apenas para comer pratos de bife fatiado e espinafre, a cabeça girando com a estranheza disso tudo. E, quando sua menstruação termina, o Mestre vai até ela e finalmente mostra seus dentes, com os quais ela tem sonhado há tanto tempo. Ele conversa com ela a noite toda, quase até o sol nascer, assegurando-lhe que esteja confortável, que *entenda*.

Ele não é tão diferente dos meninos que ela temia encontrar quando começasse o ensino médio. Assim como eles, o Mestre a quer pelo seu corpo. Assim como eles, o Mestre é maior e mais forte do que ela, mais poderoso do que ela de mil maneiras. Porém, diferente deles, o Mestre não conta nenhuma mentira, não coloca véus em suas intenções. Ele está faminto, e Jill é a carne em sua mesa, o vinho em sua taça. Ele promete amá-la até as estrelas se extinguirem. Ele promete torná-la igual a ele quando tiver idade suficiente, de modo que nunca vai precisar deixar as Charnecas. E, quando o Mestre pergunta sua resposta, ela desamarra a gargantilha que esteve em seu pescoço nos últimos dois anos, deixa que ela caia e expõe a curva branca suave do pescoço.

Há momentos que mudam tudo.

Um ano depois que Jill tornou-se filha do Mestre em tudo exceto no nome, Jack está ao lado do dr. Bleak no andar superior do moinho de vento que compartilham. O teto está aberto, e a tempestade que colore o céu é preta como tinta, retorcendo-se e iluminando tudo com flashes de relâmpagos. Uma menina da vila está deitada na placa de pedra entre os dois, o corpo coberto por um lençol, as mãos amarradas com força com duas varetas de metal. Tem apenas um ano a mais do que Jack. Foi encontrada morta quando ao nascer do sol, com uma mecha branca no cabelo revelando que seu coração parou quando um amante fantasma a beijou com intensidade demais. Corações que param sem sofrer danos às vezes podem voltar a bater, sob as circunstâncias certas. Quando essas circunstâncias não são possíveis, o relâmpago pode servir surpreendentemente bem.

O dr. Bleak uiva ordens e Jack se apressa para cumpri-las, até que o relâmpago desce serpenteando do céu e atinge o conjunto de máquinas engenhosas. Jack é jogada no outro lado do cômodo pelo impacto. Vai sentir gosto de moedas na garganta durante três dias. Tudo está em silêncio.

A menina na placa abre os olhos.

Há momentos que mudam tudo, atolados na massa de um tempo tão ordinário quanto insetos presos em âmbar. Sem eles, a vida seria algo enfadonho e previsível. Mas com eles, ah... Com eles a vida faz o que quer, como o relâmpago, como o vento que sopra nas ameias do castelo e ninguém consegue impedir, ninguém consegue lhe dizer "não". Jack ajuda a menina a descer da placa e tudo mudou. Nada jamais será igual.

A menina tem olhos azuis como a urze que cresce na colina, e o cabelo, onde não está branco, é dourado como samambaias secas, e ela é linda de um jeito que Jack tem dificuldade de descrever, de um jeito que parece desafiar, ao mesmo tempo, as leis da natureza e da ciência. Seu nome é Alexis, e é um crime ela ter estado morta, ainda que por um segundo, porque o mundo fica mais escuro quando ela não existe.

(Jack nunca antes notou a escuridão, mas isso não importa. Um homem que viveu a vida toda em uma caverna não sofre pelo sol até vê-lo. E, depois que o vê, nunca mais pode voltar para o subsolo.)

Quando Alexis a beija pela primeira vez, atrás do moinho de vento, Jack percebe que ela e Jill têm uma coisa em comum: ela *nunca, nunca* mais quer voltar para o mundo de onde veio. Não quando pode ter este, com seus relâmpagos e suas meninas lindas de olhos azuis.

Há momentos que mudam tudo e, depois que isso ocorre, nada pode voltar a ser como era. A borboleta nunca mais pode ser uma lagarta. A filha do vampiro, a aprendiz do cientista maluco, jamais voltarão a ser as crianças inocentes e intocadas que vagaram escada abaixo e atravessaram uma porta.

Elas foram mudadas.

E a história muda com elas.

— J*ACK!* — A voz do dr. Bleak saiu aguda, controladora e impossível de ignorar.

Não que Jack tivesse o hábito de ignorá-la. Sua primeira temporada com o doutor tinha sido mais do que suficiente para ensiná-la que, quando ele dizia "pule", a resposta correta não era "a que altura?". Era correr até o penhasco mais próximo e confiar que a gravidade resolveria tudo.

Mesmo assim, às vezes ele escolhia os *piores* momentos. Ela soltou-se dos braços de Alexis e calçou as luvas que jaziam desprezadas na prateleira, enquanto gritava:

— Já vou!

Sentando-se, Alexis suspirou e puxou a chemise de volta à posição normal.

— O que ele quer *agora?* — perguntou ela. — Meu pai espera que eu volte antes do cair da noite. — Os dias nas Charnecas eram curtos e preciosos. Às vezes o sol não saía completamente de trás das nuvens durante semanas seguidas, permitindo que vampiros cuidadosos e lobisomens descuidados corressem livremente fora de hora. A família de Alexis administrava uma hospedaria. Não precisavam preocupar-se em plantar ou caçar durante as horas escassas do dia. Isso não significava que estavam com pressa para fazer um segundo funeral para a filha.

(As pessoas que tinham morrido uma vez e sido ressuscitadas não podiam tornar-se vampiros: o estranho mecanismo de reprodução dos mortos-vivos era mágico e não resistia à ciência do relâmpago e da roda. Alexis estava a salvo dos caprichos do Mestre, não importava o quanto ficasse bonita conforme envelhecesse. Só que o Mestre não era o único monstro nas Charnecas, e a maioria não se importava com o histórico médico de Alexis. Eles simplesmente a devorariam.)

— Vou descobrir — respondeu Jack, abotoando apressadamente o colete. Ela parou para olhar para Alexis, absorvendo as curvas brancas e macias do seu corpo, a carne arredondada do ombro e dos seios. — Só... só... fique aí, está bem? Volto assim que puder. Se você não se mexer, não teremos que tomar outro banho.

— Não vou me mexer — disse Alexis, com um sorriso preguiçoso, antes de se deitar de novo na cama e encarar o teto salpicado de taxidermia.

Depois de quatro anos com o dr. Bleak, Jack havia ficado mais forte do que esperava, capaz de levantar corpos mortos e sacos de batata sobre os ombros com a mesma facilidade. Tinha crescido como uma erva daninha, disparando mais do que trinta centímetros, precisando de várias viagens até a vila para comprar tecido novo para remendar as calças. O conteúdo do baú de roupas do dr. Bleak deixou de caber quando ela fez catorze anos, devido aos seus braços e pernas compridas, os seios brotando e o temperamento imprevisível. (Grande parte daquele ano foi gasto gritando com o dr. Bleak por motivos que ela não conseguia entender nem explicar. O bom foi que o doutor tinha ficado admiravelmente mais tolerante por causa das imprevisíveis crises de temperamento dela. Afinal, ele também tinha um temperamento um tanto imprevisível.)

Depois que o terceiro par de calças mal-remendadas rasgou no meio, Jack teve que aprender a fazer as próprias roupas e começou a comprar o tecido em peças, cortando e moldando nas formas que desejava. Seu trabalho nunca a transformaria na estilista de uma corte elegante de vampiros, mas cobria os membros e lhe dava a proteção necessária contra os elementos químicos. O dr. Bleak havia assentido em compreensão conforme as roupas dela ficavam cada vez mais desse jeito, com punhos que iam até os pulsos e eram firmemente abotoados e lenços amarrados na garganta, aparentemente pela elegância, mas, na verdade, para evitar que qualquer coisa ultrapassasse a fina trama da sua armadura. Ela não estava negando sua feminilidade ao usar roupas masculinas. Na verdade, protegia-se de produtos químicos cáusticos e outros componentes menos mundanos.

Ainda era magra, pois, apesar de sua barriga geralmente estar cheia, Jack não tinha o luxo de comer duas porções nem de devorar pudins com chá. Ainda era pálida, pois a luz do dia era rara nas Charnecas. O cabelo ainda era comprido, com uma trança loura firme pendurada nas costas, refeita toda manhã. Alexis dizia que era como manteiga e, às vezes, seduzia Jack para que a deixasse desfazer a trança e passar os dedos pelos fios enroscados, alisando e desembaraçando. Só que ele nunca ficava solto por muito tempo. Como todo o resto relativo a Jack, tinha crescido de maneira precisa e organizada, sempre curvando-se ao seu lugar no mundo.

A última aquisição foram os óculos, as lentes polidas e moldadas no laboratório do dr. Bleak, colocadas em armações de arame. Sem eles, o mundo ficava levemente borrado nas bordas – nada terrível, já que o mundo às vezes pode ser muito brutal, mas não o melhor atributo em uma cientista. Por isso ela usava os óculos e via as coisas como eram: definidas, claras e implacáveis.

Ela encontrou o dr. Bleak dentro do moinho de vento, com um grande morcego estirado na mesa de autópsia com pregos atravessando a trama macia das asas. Só por precaução, a boca estava entulhada de alho e pétalas de rosa selvagem. Não havia nada no morcego que *provasse* que ele era um vampiro visitante, mas também nada que provasse que *não era*.

— Preciso que você vá até a vila — disse ele, sem levantar o olhar. Uma lupa elaborada cobria seu olho esquerdo, ampliando terrivelmente os órgãos internos do morcego. — O estoque de acônito, arsênico e biscoitos de chocolate está acabando.

— Ainda não entendo como temos chocolate aqui — disse Jack. — As árvores de cacau crescem em climas tropicais. O clima daqui não é tropical.

— As coisas terríveis que habitam a baía o recolhem dos navios que elas mesmas naufragam e trocam por vodca com os aldeões — respondeu o dr. Bleak. — Também é assim que conseguimos rum, chá e uma ocasional estatueta amaldiçoada.

— Mas de onde os navios *vêm*?

— De longe. — O dr. Bleak finalmente levantou o olhar, sem disfarçar a irritação. — Já que você não pode dissecar, ressuscitar ou perturbar cientificamente o mar, deixe isso *para lá*, aprendiz.

— Sim, senhor — disse Jack. O resto das palavras do dr. Bleak finalmente a atingiram. Seus olhos se arregalaram. — A vila, senhor?

— O tempo que você passa com sua amiga rechonchuda destruiu o pouco de bom senso que você tinha? Não estou com disposição para aceitar uma nova aprendiz, não agora que você finalmente está ficando treinada o suficiente para ser útil. Sim, Jack, a vila. Precisamos de coisas. Você é a aprendiz. Você busca coisas.

— Mas, senhor... — Jack olhou para a janela. O sol, naquele momento, estava pendurado perigosamente baixo no céu. — A noite está chegando.

— E é por isso que você vai comprar acônitos, para afastar os lobisomens. As gárgulas do lixo não vão incomodá-la. Ainda estão agradecidas pelo reparo que fizemos mês passado no líder delas. Quanto aos vampiros... Bem, você não tem muito que se preocupar em relação a isso.

Jack queria argumentar. Abriu a boca para argumentar, mas a fechou logo em seguida, reconhecendo uma causa perdida quando via uma.

— Posso levar Alexis em casa? — perguntou ela.

— Contanto que isso não a atrase para chegar às lojas, não me importo com o que você faz — disse o dr. Bleak.

— Mande lembranças à família dela.

— Sim, senhor — disse Jack. Mandar lembranças à família de Alexis em nome do dr. Bleak provavelmente significaria, no mínimo, voltar para casa com um pote de refogado e um pão. Eles sabiam que ele havia trazido a filha de volta. Além disso, sabiam que Alexis era linda: sua morte e sua ressurreição provavelmente a tinham protegido de uma eternidade de vampirismo. Só por isso, eles seriam gratos até as estrelas se apagarem.

Jack pegou a cesta ao lado da porta e contou vinte pequenas moedas de ouro estampadas com o rosto do Mestre no pote que guardava o dinheiro para as despesas. Em seguida, com os ombros levemente caídos, foi contar a Alexis que elas tinham que sair.

O dr. Bleak esperou até ela sair antes de suspirar, balançar a cabeça e pegar outro bisturi. Jack era uma excelente aprendiz, ansiosa para aprender, obediente o bastante para valer a pena treinar, rebelde o suficiente para merecer cuidados. Um dia ela seria uma boa doutora, se as Charnecas decidissem mantê-la por tempo suficiente. E esse era o problema.

Havia pouquíssimas pessoas nascidas nas Charnecas. Alexis, com sua calma aceitação nativa de que era assim que o mundo devia funcionar, era mais uma aberração do que uma normalidade. Diferentemente de alguns mundos, que mantinham suas populações saudáveis, as Charnecas eram inimigas demais da vida humana para que isso fosse conquistado com facilidade. Por isso eles enviavam portas para outros lugares, para recolher crianças que poderiam florescer ali, e depois deixavam o que era inevitável... acontecer.

O dr. Bleak não havia nascido nas Charnecas. E, verdade seja dita, o Mestre também não. O Mestre estava ali havia séculos; o dr. Bleak, havia décadas. Tempo suficiente para ser treinado por uma professora, a dra. Ghast, que tinha mãos de ossos e que fora treinada pela própria professora muito tempo antes. Ele sabia que um dia ia morrer, e o relâmpago não seria suficiente para trazê-lo de volta. Em alguns dias, pensava que podia até acolher esse período final de descanso, quando não seria mais chamado para interpretar o vilão inferior da peça – que era, por comparação, o herói involuntário. Não tinha nascido nas Charnecas, mas tinha estado ali por tempo suficiente para reconhecer a forma das coisas.

O Mestre tinha tomado Jill como sua filha mais recente. Ela andava pelas ameias, sorrindo e cantarolando para si mesma. Sua consideração pela vida humana diminuía a cada noite. Ainda não era uma vampira nem seria pelos próximos anos, mas era... perturbador... uma porta abrir e depositar nas Charnecas duas jovens tão iguais, mas tão compatíveis com papéis opostos.

Será que a Lua, que tudo via e tudo julgava, havia se cansado do Mestre, como tinha se cansado de tantos lordes vampiros antes dele? Jill seria uma substituta verdadeiramente brutal, depois que o último fiapo de sua brandura humana fosse arrancado. O dr. Bleak viu a história desenrolando-se desde o instante da transformação de Jill. Jack, apesar de ter pouco a ver com a irmã agora, preferindo evitar as glórias nauseantes da consideração do Mestre sempre que possível, ainda era do mesmo sangue. Não perdoaria o Mestre por afastar sua irmã. Um cientista maluco determinado era um adversário para qualquer monstro – eles eram o lado humano do equilíbrio essencial entre as casas feudais que governavam este litoral – e ele conseguia facilmente ver o Mestre destruído, enquanto sua brilhante nova filha ascendia, insensível e cruel, ao trono dele.

Jack e Jill eram uma história que transformava-se em realidade diante de seus olhos, e ele não sabia como interrompê-la. Então, sim, ele tentava obrigar Jack a ver a irmã. Precisava que Jill recordasse que Jack existia e que era humana. Dessa maneira, a lógica lhe lembraria da própria humanidade.

Podia ser a única coisa que as salvaria.

Alexis sentou-se de novo quando ouviu Jack aproximar-se, e franziu a testa ao ver a expressão no rosto dela.

— Essa não me parece uma cara de "está tudo resolvido, agora me beije mais" — disse ela.

— Porque não é — retrucou Jack. — O dr. Bleak quer que eu vá até a vila para comprar suprimentos.

— *Agora?* — Alexis não fez nenhum esforço para disfarçar sua aflição. — Mas só estou aqui há uma hora!

O que significava que, depois do banho, do exame físico, da limpeza dos dentes e do gargarejo com desinfetante herbal forte, para garantir que nenhuma bactéria tinha se soltado ao passar o fio dental, ela só ficou limpa o suficiente, pelos padrões de Jack, por uns cinco minutos antes de serem interrompidas.

— Eu sei — disse Jack, quicando de frustração. — Não sei por que ele está tão determinado a me obrigar a fazer isso agora. Desculpe. Pelo menos posso levar você em casa?

Alexis soltou um suspiro vitimizado.

— Pelo menos temos isso — concordou ela. — Minha mãe vai tentar fazer você jantar.

— E vou aceitar com gratidão, porque sua mãe ferve tudo até acabar com a vida das coisas — disse Jack. — Se ela perguntar por que não tiro as luvas, vou dizer que cortei a mão e não quero me arriscar a abrir o ferimento, sangrar e atrair os mortos-vivos.

— Foi isso que você disse na última vez.

— É uma preocupação válida. Ela devia ficar feliz porque você está saindo com uma jovem aprendiz tão precavida, e não com um daqueles imbecis da vila. — Jack ofereceu a mão enluvada a Alexis.

Com outro suspiro, Alexis a pegou e saiu da cama.

— Aqueles "imbecis da vila", como você gosta de chamar, um dia vão ter casas e negócios próprios. Você vai ter um moinho de vento.

— Um moinho de vento *muito limpo* — disse Jack.

— Eles vão poder me dar filhos. É isso que minha mãe diz.

— Eu posso dar filhos a você — retrucou Jack, parecendo um pouco ofendida. — Você só precisa me dizer quantas cabeças deseja que tenham e de que espécies gostaria que fossem, mas para que serve ter tantos cemitérios se eu não puder te dar filhos quando você quiser?

Alexis riu e deu um soquinho no ombro de Jack, que sorriu, sabendo que tudo estava perdoado.

Elas formavam um par esquisito, passeando pelas Charnecas. Nenhuma das duas parecia preocupar-se com o mundo. Alexis era roliça enquanto Jack era magra, a filha de pais ricos que garantiam que ela nunca fosse para a cama com fome, confiando que ela conhecesse o próprio corpo e suas necessidades. (E se o vampiro local tinha predileção por meninas esbeltas que morreriam se ficassem do lado de fora na mais leve geada, bem, abra os botões e passe as batatas! Vamos manter nossas filhas queridas em segurança dentro de casa.) O cabelo de Jack era trançado de maneira firme enquanto o de Alexis era solto, e suas mãos eram enluvadas enquanto as de Alexis eram nuas. Mas essas mãos estavam dadas com a mesma firmeza que qualquer nó de amantes já teve, e elas caminhavam com passos macios e ritmados, nunca virando os calcanhares, nunca obrigando a outra a correr.

De vez em quando, Jack parava, tirava uma tesoura com punho de ossos do bolso e cortava um pedaço de algum arbusto ou erva. Alexis sempre parava e observava pacientemente enquanto Jack fazia a vegetação desaparecer na cesta.

Quando as duas retomavam o caminho, ela dizia com leveza, provocando:

— Você pode tocar em todas as plantas imundas do mundo, mas não pode tocar em mim sem um balde de água fervente à mão?

— Não toco nelas — disse Jack. — Minha tesoura toca nelas, minhas luvas tocam nelas, mas *eu* não toco nelas. Não toco em quase nada.

— Eu queria que você pudesse tocar.

— Eu também — respondeu Jack e deu um sorriso que parecia uma coisa retorcida e amarga. — Às vezes eu penso no que a minha mãe diria se pudesse me ver agora. Ela foi a primeira a me dizer que eu devia ter medo de me sujar.

— Minha mãe me falou a mesma coisa — disse Alexis.

— Sua mãe é razoavelmente aterrorizante. Ela me assusta mais do que todos os vampiros em todos os castelos do mundo, mas não se compara à minha mãe quando havia uma chance de um vizinho me ver com terra no vestido — disse Jack de um jeito sombrio. — Aprendi a ter medo de terra antes de aprender a soletrar o meu nome.

— Não consigo imaginar você de vestido — disse Alexis. — Você ficaria... — Ela parou, mas era tarde demais: o estrago já estava feito.

— Igual à minha irmã. Sim, é isso mesmo — concordou Jack. — Seríamos dois vasos de um par terrível. Mas acho que eu não daria uma boa vampira. Eles nunca parecem ter um guardanapo à mão quando o sangue começa a jorrar. — Ela estremeceu de maneira dramática. — Você consegue me imaginar coberta por toda essa *nojeira?* E não têm reflexo. Eu não conseguiria saber se tinha limpado o rosto. A única solução seria eu mergulhar toda noite em cloro.

— Horrível para o cabelo — disse Alexis.

— Horrível para o coração — disse Jack. Ela apertou os dedos de Alexis. — Eu sou o que sou, e tem muita coisa em mim que não vai mudar sem uma boa dose de desejo ou querer. Sinto muito por isso. Daria tudo para dividir uma tarde com você no meio do feno, a poeira no ar e o suor na nossa pele e nenhuma de nós se importando. Mas a experiência me deixaria louca. Sou uma criatura de ambientes estéreis. É tarde demais para eu mudar.

— Você diz isso, mas já vi você pular dentro de um túmulo aberto como se não fosse nada.

— Só com calçados adequados, posso garantir.

Alexis riu e se aproximou um pouco de Jack, abraçando seu braço enquanto as duas caminhavam em direção ao muro iminente da vila. Ela apoiou a cabeça no ombro de Jack, que inspirou, respirando o cheiro salgado do cabelo da amada, e pensou que havia algo a ser dito sobre os mundos de sangue e luar, onde a única ameaça mais terrível do que as coisas que habitavam o mar eram as coisas que viviam no litoral. A beleza destacava-se ainda mais quando contrastada com um fundo de arbustos secos.

A caminhada era curta demais, ou talvez as pernas delas simplesmente tivessem se tornado compridas demais: as duas ainda eram tão assombradas pelos fantasmas da infância que ainda precisavam aprender a fina arte de vadiar, de prolongar as coisas até durarem pelo tempo que elas pedissem. No que parecia um átimo, estavam diante do grande muro.

Alexis soltou a mão de Jack. Colocando as mãos em volta da boca, ela gritou para a sentinela:

— Alexis Chopper, voltando para casa!

— Jacqueline Wolcott, aprendiz do dr. Bleak, escoltando a srta. Chopper e comprando suprimentos — gritou Jack.

Os residentes sempre falavam primeiro; para lhes dar a oportunidade de gritar pedindo ajuda se sentissem que era necessário, supunha ela. A "ajuda" provavelmente viria na forma de óleo escaldante ou de uma chuva de flechas, mas pelo menos os residentes morreriam sabendo que tinham protegido o resto da vila.

Era fascinante como as pessoas que viviam no quintal de um vampiro podiam ter medo do resto do mundo. Só porque uma coisa não era familiar, isso não significava que tinha dentes mais afiados ou garras mais cruéis do que o monstro que já conheciam. No entanto, o dr. Bleak disse que realizar experimentos psicológicos nos vizinhos nunca acabava bem, e ele estava no comando, então Jack guardava seus pensamentos para si.

— Cuidado com o portão! — gritou a sentinela. Houve um bocado de gemidos e estalos na madeira, depois o portão se abriu, pesado, lento e supostamente seguro.

Alexis, que tinha nascido atrás daquele portão, sabendo que o Mestre observava cada passo seu, entrou com serenidade. O fato de ela estar entrando voluntariamente no terreno de caça de um vampiro não parecia perturbá-la – e talvez não perturbasse mesmo. Nas poucas ocasiões em que Jack tinha tentado conversar a respeito, ela havia falado de um jeito sombrio sobre os lobisomens nas montanhas, os Deuses Afogados sob o mar e todos os perigos terríveis que as Charnecas tinham para oferecer. Aparentemente, ser uma presa vivendo sob os auspícios de um predador era melhor.

Talvez fosse. Jack tinha passado apenas uma noite sob o teto do Mestre e, embora às vezes ficasse triste por não ter conseguido salvar a irmã, nunca se arrependera de ter ido embora. Jill tinha tomado uma decisão.

Jack deu uma risadinha para si mesma. Alexis olhou para ela.

— Alguma coisa engraçada?

— Tudo — respondeu Jack enquanto as portas começavam a fechar-se atrás das duas. Ela ofereceu a mão a Alexis.
— Vamos ver seus pais.

O sol, embora estivesse perdendo força, ainda eno céu. O Mestre estava no fundo do castelo, descansando para a noite que se aproximava. Jill não tinha permissão para estar na presença dele pelos próximos dois dias. Era sempre assim depois que ele se alimentava. Ele explicou que Jill teria que alcançar uma idade específica antes que ele pudesse parar o coração dela no peito, preservando-o para sempre. Dizia que ela ficaria mais feliz encarando a noite interminável como adulta, com a posição e os privilégios de um adulto.

Jill achava que, na verdade, era porque ele tinha medo. Ninguém tinha ouvido falar de um desgarrado voltando para o próprio mundo depois do aniversário de dezoito anos: se você atingisse a maioridade nas Charnecas, ficaria lá até morrer. Ou viraria um morto-vivo, como poderia ser o caso. Ela tinha apenas dezesseis anos. Ainda tinha dois anos para esperar, dois anos para ele deixá-la sozinha por três dias a cada duas semanas, dois anos andando pelas ameias sozinha, sentindo o beijo cruel do sol na pele. O Mestre insistia. Ele queria que as pessoas se acostumassem a ela, e que Jill entendesse por completo do que estava abrindo mão.

Bobagem. Tudo era bobagem. Como se alguém recebesse a oferta de uma eternidade de privilégio e poder e a recusasse por capricho. Qualquer um que se afastasse do Mestre teria que ser um tolo, ou pior...

Houve um lampejo de movimento na praça lá embaixo. Duas pessoas tinham entrado pelo portão no lado das montanhas. A garota gorda da hospedaria e uma figura magrela usando roupa preta. A luz refletiu nos óculos de Jack quando ela virou a cabeça. Jill sentiu o muito odiado coração encolher-se no peito. Sua irmã, aqui.

Isso não podia acontecer.

# 9

## ALGUÉM ESTÁ
## VINDO PARA JANTAR

Na medida do possível, a hospedaria dos pais de Alexis era pequena, aconchegante e limpa. Jack podia ficar ali por horas antes de começar a se coçar e querer arrancar a própria pele, o que era extraordinário para qualquer lugar fora do laboratório.

(Alexis havia observado uma vez, depois de uma visita especialmente tensa, que era estranho como Jack conseguia trabalhar no jardim para o dr. Bleak, mas não suportava a ideia de sentar-se em um assento que outro ser humano tinha usado sem antes esfregá-lo até que brilhasse como um espelho. Jack tinha tentado, sem muito sucesso, explicar que terra era terra; que a terra podia ser limpa, caso estivesse em seu ambiente nativo. Era a mistura de terra e outras coisas – como suor, pele e secreções do corpo humano – que a tornava um problema. Era a receita, não os ingredientes.)

A mãe de Alexis parecia muito com a de Jack, só que mais velha. Quando sorria, era como se alguém tivesse acendido o fogo de uma abóbora iluminada no espaço atrás dos seus olhos. Jack achava que poderia suportar qualquer quantidade de terra pelo calor do sorriso da sra. Chopper. Tinha vasculhado a própria memória várias vezes, sem encontrar qualquer evidência de que sua mãe era capaz de um sorriso daqueles.

O pai de Alexis tinha sido lenhador antes de estabelecer-se na vida como dono de hospedaria. Isso explicava o nome da família, que significava cortador, e o machado pendurado sobre a lareira. Era um homem parecido com uma montanha, e Jack achava que ele podia ser o único ser humano nas Charnecas que teria chance contra o dr. Bleak em uma competição física. (Os lobisomens ganhariam, sem dúvida. Felizmente, os lobisomens tinham menos interesse em lutas e arremesso de machados do que em maltratar pessoas e buscar gravetos.)

Como sempre, na Sinal da Corça e da Lebre, a comida era simples, farta e fazia Jack lembrar-se desconfortavelmente do coelho com raízes que ela havia comido na sua única e desconfortável noite com o Mestre. Ele pegava o que queria das lojas da vila para as pessoas que moravam sob seu teto: ela não tinha dúvida de que sua primeira refeição tinha sido preparada pela mão amorosa da sra. Chopper. Talvez Alexis tivesse comido a mesma coisa naquela noite. Talvez tivesse começado a estadia dela nas Charnecas compartilhando uma refeição, sem saber o que lhes aguardava.

Ela torcia para que sim. O pão ficou com um gosto melhor e o leite pareceu mais doce ao pensar que estavam comendo juntas havia tanto tempo.

A sra. Chopper passava as batatas pela mesa mais uma vez quando a porta da cozinha se abriu com um golpe, estremecendo na moldura como se tivesse sido atingida por um vento forte. Alexis deu um pulo. O sr. Chopper ficou tenso, a mão indo para o lado como se esperasse encontrar o machado pendurado ali, pronto para golpear. A sra. Chopper congelou, as mãos apertando as bordas da travessa.

Jack ficou sentada em silêncio, os olhos na comida, tentando parecer que achava cogumelos cozidos e coelho assado a coisa mais fascinante de todo o mundo.

— Você podia pelo menos dizer "oi", *irmã* — sibilou Jill, e sua voz estava venenosamente doce, como se alguma coisa tivesse ficado no sol por tempo demais e tivesse estragado por causa do calor.

— Ah, me desculpe. — Jack levantou a cabeça, ajeitando os óculos. — Achei que era um cachorro de rua abrindo a porta. No lugar de onde venho, as pessoas batem.

— Você vem do mesmo lugar que eu — retrucou Jill.

— É, e as pessoas batiam.

Jill olhou furiosa para ela. Jack retribuiu o olhar com apatia.

Seus rostos eram idênticos, não havia como negar isso. Todo o tempo no mundo não mudaria o formato dos lábios das duas nem o ângulo dos olhos. Elas podiam pintar o cabelo, usar roupas completamente diferentes, mas sempre seriam feitas com o mesmo molde. Mas era ali que a semelhança terminava.

Jill usava um vestido lilás tão claro que poderia até ser branco, se não estivesse contrastado com a palidez da pele e o louro frio de seu cabelo. A modelagem atravessava o peito em um estilo que agora era discreto, mas não o seria por muito tempo. Era o vestido de uma menininha, e ela, assim como Jack, estava a caminho de tornar-se mulher. A saia era comprida o suficiente para arrastar no chão. Os quinze centímetros da barra estavam cinza de tanta terra. Jack estremeceu de leve, esperando que a irmã não visse.

Não teve essa sorte. Enquanto Jack morava em um moinho de vento, aprendendo os segredos da ciência e de como ressuscitar os mortos, Jill morava em um castelo, aprendendo os segredos da sobrevivência e de como servir aos mortos.

Seus olhos viam tudo. Ela sorriu devagar.

— Ah, sinto muito, irmã — disse ela. — Estou suja? Você se incomoda de eu ser uma garota suja? O Mestre não se importa se eu estrago meus vestidos. Eu sempre posso ganhar um novo.

— Que ótimo para você — disse Jack entre dentes. — Por que está aqui?

— Eu vi você chegando pelos portões. Achei que estava a caminho do castelo para *me ver*, já que sou sua irmã. Afinal, faz tanto tempo desde que você veio me visitar pela última vez. Imagine a minha surpresa quando você seguiu sua garotinha gorda até a hospedaria para encher o bucho. — Jill franziu o nariz. — Sério, é bestial. É assim que você quer passar a juventude? Com porcos e camponeses?

Jack começou a se levantar. Alexis segurou seu pulso, impedindo-a.

— Não vale a pena — disse ela, a voz baixa. — Por favor, não vale a pena.

Jill riu.

— Está vendo? Todo mundo aqui sabe o seu lugar, menos você. É porque você está com inveja? Porque você poderia ter ficado com o que eu tenho, mas não agiu rápido o suficiente? Ou é porque está com saudade de mim?

— Nunca conheci minha irmã o suficiente para sentir saudade dela e, pelo modo como está se comportando, não tenho certeza se quero que você seja minha irmã — respondeu Jack. — Quanto a ter o que você tem... *Você* tem um vestido que mostra cada fagulha de terra que cai nele. Você tem mãos tão pálidas que nunca podem parecer limpas. Não desejo o que você tem. O que você tem é terrível. Me deixe em paz.

— Isso é maneira de falar com a sua família? Com o sangue do seu sangue?

Jack bufou.

— Engraçado... Não era você que planejava livrar-se de seu sangue no instante em que o Mestre estivesse disposto a aceitá-lo? Ou mudou de ideia? Vai ficar por aqui e tentar viver por um tempo? Eu recomendo. Talvez pegar um pouco de sol. Você está com uma clara deficiência de vitamina D.

— Jack, por favor — sussurrou Alexis.

Jill ainda estava sorrindo. Jack gelou.

A Sinal da Corça e da Lebre era a única hospedaria da vila. Isso não a tornava indispensável. Seria ruim se alguma coisa acontecesse – se ela queimasse no meio da noite, digamos assim, ou se seus proprietários fossem encontrados com o sangue todo drenado do corpo. Mas outra hospedaria seria aberta antes da próxima lua cheia, com uma nova família, ansiosa para servir sem quebrar as regras.

Como todo mundo que vivia sob as graças do Mestre, os Choppers obedeciam às regras. Eles faziam o que mandavam. Iam aonde eram chamados. E não brigavam, nunca, não com ele nem com a garota que ele havia escolhido como herdeira.

Jack engoliu em seco. Alisou o colete com as costas das mãos enluvadas e levantou-se, deixando o prato para trás. Alexis soltou seu braço. O momento da ausência, quando a pressão da mão de Alexis foi removida, foi, de algum jeito, pior do que a rendição.

— Eu... sinto muito, Jillian — disse Jack, com a voz cuidadosa e controlada. — Eu estava com fome. Você sabe como eu fico mal-humorada quando estou com fome.

Jill deu uma risadinha.

— Você é *péssima* quando não come. Então você veio me visitar?

— É claro. — Jack não precisou conferir para saber que Alexis estava tremendo e que seus pais esforçavam-se para não correr até ela. Não esperavam que ela levasse o perigo até a porta deles. Deviam ter esperado. Deviam ter sabido. *Ela* devia ter sabido. Tinha sido uma tola, e agora eles iam pagar o preço. — Dr. Bleak espera que eu esteja de volta até meia-noite, mas tenho que fazer compras na praça antes disso. Quer ir comigo? Acho que tenho moedas suficientes para comprar uma coisa bonita para você. Gengibre cristalizado ou uma fita para o seu cabelo.

O olhar de Jill ficou mais atento.

— Se você realmente tivesse vindo me ver, saberia se tem moedas suficientes para comprar um presente para mim.

— O dr. Bleak controla o dinheiro. Sou apenas a aprendiz. — Jack abriu as mãos, tentando parecer pesarosa sem parecer excessivamente ansiosa. Jill pareceu acreditar nela; ou talvez Jill não se importasse, contanto que conseguisse o que queria no fim. *Somos desconhecidas, agora*, pensou ela e sofreu. — Estou aprendendo muito, mas isso não significa que ele confia em me dar mais do que o necessário.

— O Mestre confia em mim com *tudo* — disse Jill e saltitou (saltitou!) pelo cômodo para dar o braço a Jack. — Acho que podemos fazer algumas comprinhas antes de você escolher meu presente. Se o dr. Bleak colocasse você na rua, você teria que viver no celeiro com os porcos e ficaria imunda o tempo todo. Seria horrível, não acha?

Jack, que já estava com a sensação de que precisava de um banho só pelo rápido contato com a irmã, reprimiu um tremor.

— Horrível — concordou e pegou o cesto, deixando Jill conduzi-la porta afora.

A porta fechou-se com tudo atrás delas. A sra. Chopper deixou a travessa de batatas cair na pressa de abraçar a filha, e os três se aninharam, tremendo e chorando, de repente conscientes demais da escuridão lá fora.

Jill pisava com leveza, como se estivesse dançando sobre as pedras de pavimentação enlameadas na praça da vila. Ela nunca parava de falar, as palavras se amontoando como cachorrinhos ansiosos enquanto recontava tudo que tinha acontecido nos meses desde que havia visto a irmã pela última vez. Jack percebeu, com um tipo de culpa sombria e distante, que Jill estava solitária: ela podia ter serviçais naquele castelo empilhado e podia ter o amor ou pelo menos o afeto do Mestre, mas não tinha *amigos*.

(O que provavelmente era uma coisa boa. Jack lembrava-se do dr. Bleak voltando das viagens à vila pouco depois de ela ter ido morar com ele, com uma expressão desesperadora no rosto e a grande maleta preta de médico nas mãos. Algumas crianças da vila tinham morrido. Isso era tudo que ele se dispunha a lhe contar, quando ela pressionava. Só anos depois, quando Alexis começou a aparecer por lá, foi que Jack descobriu que todas as crianças que morreram tinham sido vistas brincando com Jill perto da fonte. O Mestre era ciumento. Não queria que ela tivesse nada na vida além dele e ficava feliz de fazer o que considerasse necessário para assegurar que continuaria sendo o centro do mundo dela. Amigos eram um incômodo para ele resolver. Amigos eram dispensáveis.)

Jack estava acostumada a fazer compras sozinha ou na companhia do dr. Bleak. Era surpreendente a frequência com que as pessoas esqueciam-se de que Jill era sua irmã ou não sentiam necessidade de guardar a língua na presença dela. Estava acostumada a piadas e fofocas e até mesmo às ocasionais farpas dissimuladas sobre a política do Mestre.

Conforme ela andava pelas lojas de braços dados com Jill, a verdadeira surpresa era o silêncio. As pessoas que a conheciam como aprendiz do dr. Bleak ficavam caladas quando ela se aproximava lado a lado com a filha do Mestre, e algumas olhavam para o rosto dela como se ela fosse uma charada que tinha acabado de ser inesperadamente resolvida. Jack tinha de se esforçar para não fazer cara feia. Seriam necessários meses, talvez anos, para reconstruir o terreno que ela estava perdendo a cada pessoa que a via na companhia de Jill. De repente, ela voltara a ser a inimiga. Não era uma perspectiva confortável.

Vários mercadores tentaram lhe dar descontos maiores do que normalmente davam ou que podiam dar. Quando possível, ela pagava o valor normal de qualquer maneira, balançando a cabeça para silenciá-los. Infelizmente, se Jill visse isso, ela pegava as moedas da mão do mercador, revirando os olhos.

— Nós só *pagamos* como cortesia — dizia ela. — Nós *pagamos* como um símbolo, para mostrar que somos parte dessa vila, não só o coração batendo que a sustenta em um mundo de lobos. Se eles querem tornar o símbolo mais simbólico, você tem que permitir. Você me prometeu um presente.

— É, irmã — respondia Jack, e lá iam elas para o próximo mercador, enquanto o buraco no fundo do seu estômago aumentava cada vez mais, até parecer que ia engolir o mundo inteiro.

Ela teria que contar isso ao dr. Bleak. Se não contasse, os aldeões contariam, na próxima vez que ele fosse comprar suprimentos ou cuidar da mãe doente de alguém. Eles falariam sobre sua aprendiz e a filha do Mestre andando de braços dados, e ele se perguntaria por que ela escondera isso dele, e tudo estaria arruinado. Ainda mais do que já estava.

A cesta no seu braço estava pesada com as coisas que ele tinha pedido para ela comprar e com um extra ocasional que Jill havia escolhido e simplesmente colocado no meio de todo o resto. Um pote de creme de leite, um vidro de mel... Luxos que eram ótimos, na verdade, mas que nunca tinham sido considerados necessários no moinho de vento no alto da colina. Finalmente, chegou a hora de Jill escolher seu presente.

A dona da barraca, uma mulher esguia da vila, tremia e agitava-se como um junco dançando ao vento. Estava em pé com as mãos entrelaçadas sobre o avental, como se pudesse disfarçar sua ansiedade ao não permitir que suas mãos tremessem. E talvez pudesse: Jill não pareceu notar. Estava ocupada passando os dedos sobre as fitas, arrulhando e gorjeando sobre a sensação do tecido na pele.

Jack tentou fazer contato visual com a dona da barraca. Ela desviou o olhar, se recusando a deixar Jack encarar seus olhos. Jack sentiu o buraco no estômago aumentar ainda mais. A maioria dos aldeões era supersticiosa, se é que se podia chamá-los dessa maneira quando o vampiro estava *bem ali*, quando havia lobisomens nas montanhas e coisas terríveis com tentáculos no mar. Eles sabiam que o Mestre conseguia influenciar suas mentes quando olhava em seus olhos. Nenhum deles havia olhado diretamente para Jill sem ordem expressa em anos, embora ela não tivesse seu próprio poder sobre o coração humano até estar transformada. Agora parecia que um pouco dessa superstição estava se transferindo para Jack.

— Você gosta dessa? — perguntou Jill, segurando um pedaço de seda cinza reluzente que parecia ter sido fatiada da névoa da charneca. — Tenho um vestido que combinaria perfeitamente.

— É linda — disse Jack. — Você devia comprar essa.

Jill fez um biquinho gracioso.

— Mas são *tantas* — protestou. — Não vi nem a metade.

— Eu sei — disse Jack, tentando parecer reconfortante ou, pelo menos, tentando não parecer frustrada. — O dr. Bleak espera que eu esteja de volta até meia-noite, lembra? Não posso desobedecer meu mestre assim como você não pode desobedecer ao seu.

Era um risco calculado. Jill sabia o que era ser obediente, curvar seus desejos aos de outra pessoa. Também tinha a tendência de lançar-se em uma ira grandiosa à menor implicação de que o Mestre *dela* não era o único mestre nas Charnecas, como se ter uma letra maiúscula no nome de algum jeito lhe desse o monopólio para gritar ordens.

Jill enrolou a fita no dedo e disse:

— O Mestre ainda ficaria feliz em lhe receber, caso deseje voltar para casa. Você está muito inadequada agora, sabe? Teria que ser reeducada. Eu teria que lhe ensinar a ser uma *dama*. Mas você pode voltar para casa.

A ideia de chamar o castelo de "casa" foi suficiente para deixar Jack enjoada de pavor. Ela abafou o enjoo e balançou a cabeça.

— Agradeço pela oferta. Tenho trabalho a fazer com o dr. Bleak. *Gosto* do que fazemos juntos. Gosto do que estou aprendendo. — Uma velha lembrança agitou-se, da mãe usando uma calça social cor-de-rosa, dizendo a ela como recusar um convite. — Muito obrigada por pensar em mim.

Jill suspirou.

— Você vai voltar para casa um dia — disse ela e pegou um punhado de fitas, tantas que escorriam por entre os dedos como um arco-íris de minhocas. — Vou levar estas — informou à dona da barraca. — Minha irmã vai pagar.

E foi embora, andando agitada em direção aos portões do castelo. As fitas caíam despercebidas do seu punho enquanto caminhava, deixando um rastro na terra.

Jack se virou para a dona da barraca, pegando as moedas no fundo da cesta.

— Sinto muito — disse ela, a voz grave e urgente. — Eu não queria trazê-la até você. Ela me obrigou. Posso não ter o suficiente para lhe pagar, mas prometo que vou voltar com o resto, só me diga quanto eu devo.

— Nada — disse a dona da barraca. Ela continuava sem olhar para Jack.

— Mas...?

— Eu disse que você não me deve nada. — A dona da barraca começou a alisar as fitas restantes, tentando restabelecer a ordem no caos que Jill havia provocado. — Ela nunca paga, de qualquer maneira. O Mestre vai mandar alguém com ouro ou vai pagar a mais pelo próximo vestido que pedir para ela. Desta vez ela não me ameaçou. Não mostrou os dentes nem perguntou se eu queria ver a pele sob a gargantilha dela. Você a fez ser melhor, não pior.

— Sinto muito.

— Vá embora. — A dona da barraca finalmente levantou o olhar, finalmente encarou Jack. Quando voltou a falar, sua voz estava tão baixa que mal dava para ouvir: — Todo mundo sabe que as crianças que falam com a filha do Mestre desaparecem, porque ele não suporta dividi-la. Mas você não. Porque, mesmo não sendo filha dele, ainda é irmã dela. *Ela* sente ciúme das pessoas que falam com *você*. Saia de perto de mim antes que ela ache que você é minha amiga.

Jack deu um passo para trás. A dona da barraca voltou a arrumar as fitas, com uma expressão séria. Como não voltou a falar, Jack deu meia-volta e andou pela vila silenciosa. O sol tinha se posto. A enorme lua vermelha encontrava-se pendurada de um jeito sinistro perto do horizonte, como se pudesse descer e começar a esmagar tudo que estivesse no caminho.

A porta da hospedaria estava fechada. Uma única vela queimava na janela. Jack olhou para ela e continuou andando, saindo da vila e atravessando os portões e indo para a charneca selvagem e solitária.

A luz na janela do moinho de vento o fazia parecer mais um farol, algo perfeito e puro, chamando as almas perdidas para casa. Jack começou a andar um pouco mais rápido quando percebeu que estava quase em casa. Não era suficiente. Começou a correr e teria dado de cara na porta se o dr. Bleak não a tivesse aberto uma fração de segundo antes da colisão. Em vez disso, Jack disparou para a cintura dele, o couro áspero do avental roçando no seu rosto.

Ela soltou a cesta, espalhando os suprimentos e o estoque de moedas restantes aos seus pés.

— Jack, o que aconteceu? — perguntou o dr. Bleak, e sua voz era como uma corda jogada para uma menina que se afogava. Era a base sólida do mundo dela, e Jack agarrou-se a ele, apoiando o rosto no peito dele, pela primeira vez sem se preocupar com a sujeira, e chorou e chorou, sob o olhar da lua implacável.

# PARTE 4

# JILL E JACK SE VÃO SEM BREQUE

# 10

## E, DE SEU TÚMULO, UMA ROSA MUITO, MUITO VERMELHA...

O tempo passou. Jack ficou longe da vila, preferindo fazer tarefas a mais em casa do que acompanhar o dr. Bleak até a cidade nas viagens de compras. Ela começou a fazer planos para o futuro, para o momento em que teria o próprio jardim, o próprio moinho de vento, e seria capaz de sustentar o próprio lar.

Alexis continuou a visitá-la, no início com cuidado, depois cada vez mais audaciosa, como se nada terrível tivesse acontecido com a família dela.

Jill andava pelas ameias e contava os dias até o aniversário de dezoito anos das duas. Estava aninhada na cama, sonhando com rios de beleza vermelha, quando a luz do sol inundou o quarto e a arrancou do sono. Ela sentou-se de imediato, chocada e perplexa, e piscou por conta da terrível claridade.

— Senhorita — disse Mary, a voz educada e respeitosa. Ela vinha usando esse tom com Jill havia dois anos, desde o dia em que Jill deu um chilique e exigiu que falassem com ela com respeito, senão Mary seria jogada das ameias. — O Mestre pediu que eu viesse acordá-la.

— Por quê? — exigiu saber.

Ela esfregou os olhos com as costas das mãos até o vigor da luz do sol sumir. Quando baixou as mãos, piscando rapidamente, percebeu que Mary segurava um vaso com rosas muito, muito vermelhas. Os olhos de Jill arregalaram-se. Ela estendeu as mãos, fazendo um movimento sutil de desejo.

— Me dê — disse Jill.

— Sim, senhorita. — Mary não deu o vaso para Jill.

Em vez disso, deu alguns passos ao longo da extensão da cama e as colocou na mesa ao lado da cabeceira, onde Jill inspirou o aroma e admirou a beleza das flores sem machucar-se nos espinhos. Se Mary fosse responsável por deixar a preciosa menina do Mestre sangrar quando ele não estava no quarto, perderia a cabeça.

— São do Mestre? — quis saber Jill.

— Sim, senhorita.

— São *lindas*. — A expressão de Jill suavizou-se, os olhos marejando com lágrimas de gratidão. — Você está vendo como são lindas? Ele me ama tanto. Ele é tão bom para mim.

— Sim, senhorita — respondeu Mary, que conhecia muito bem a forma de amar de um vampiro. Às vezes achava que Jill esquecia-se completamente que ela também fora uma desgarrada muito antes; que Jill não era a primeira menina a usar um vestido pálido e uma gargantilha no pescoço.

— Ele disse o motivo? — Jill virou o rosto esperançoso para Mary. — Ele vem me ver hoje? Sei que só passaram dois dias, mas...

— Você não sabe mesmo, senhorita? — Claro que ela não sabia. Os vampiros só preocupavam-se com o tempo quando impactava outras pessoas. E Jill, embora ainda fosse humana, já pensava como um vampiro. Mary obrigou-se a sorrir. — Hoje é o quinto aniversário da sua chegada às Charnecas.

Os olhos de Jill se arregalaram.

— Estou com dezessete anos?

— Sim, senhorita.

O tempo nas Charnecas não era exatamente como o tempo no mundo de onde Jack e Jill tinham vindo: seguia um conjunto diferente de regras naturais e não sincronizava precisamente com nenhum outro calendário. Mas um ano era um ano. Mesmo que fosse impossível marcar com exatidão seu aniversário, a data de chegada delas era clara.

Jill saiu cambaleando da cama, em uma avalanche de lençóis e camisola macia.

— Eu tinha quase doze anos e meio quando chegamos aqui — disse ela, animada, começando a colocar as cobertas em cima do colchão. — Isso significa que eu tenho quase dezoito. Ele me quer? Hoje à noite? Finalmente chegou a hora?

— Quase dezoito não é a mesma coisa que dezoito, senhorita — disse Mary, esforçando-se para manter o equilíbrio exato de gentileza e deferência ao falar com Jill. — Ele sabia que você ia perguntar essas coisas. Pediu para lhe dizer que, como não sabemos a data exata do seu nascimento, ele prefere ser cauteloso. As coisas vão continuar como estão até a Abadia Afogada tocar os sinos na mudança de estação.

— Mas vai demorar uma *eternidade!* — protestou Jill. — Por que tanto tempo? Não fiz nada de errado! Eu fui tão boa! Eu me tornei tudo aquilo que ele me pediu para ser! — Ela soltou os travesseiros e se empertigou, apontando a renda elegante da camisola, os cachos cuidadosamente arrumados do cabelo. Ela havia dominado a arte de dormir sem movimentar um músculo, de modo a acordar perfeitamente penteada e pronta para encarar tudo que a noite pudesse apresentar.

— Tudo, exceto ser uma adulta — disse Mary delicadamente. — A porta ainda pode abrir para você. O mundo onde você nasceu ainda pode puxá-la de volta.

— Isso é uma história de dormir para assustar as crianças — vociferou Jill. — As portas não voltam quando não são desejadas.

— Você sabia o que era um vampiro quando chegou aqui — disse Mary. — Você nunca perguntou a si mesma por quê? As regras que temos aqui existem por causa dos erros que cometemos no passado. As coisas deram errado. Vampiros recém-convertidos, coisas cheias de raiva e apetite, cambaleando por portas mágicas e voltando a mundos que não tinham defesa contra eles...

Mary reprimiu a vontade de estremecer. As Charnecas sabiam viver com vampiros. As Charnecas eram equipadas para sobreviver a seus monstros.

— Se você tivesse ido até as montanhas e ficado sob os cuidados do lorde lobisomem, ele diria a mesma coisa — disse ela. — Ou se fosse ao fundo do mar. Os Deuses Afogados não transformam ninguém jovem o suficiente para voltar para o local de onde veio. Precisamos ser cuidadosos, senão atraímos a atenção da força desconhecida que cria as portas. Se eles parassem, as Charnecas não sobreviveriam.

— A Lua faz as portas — disse Jill em um tom irritado. — Todo mundo sabe disso.

— Existem outras teorias.

— Essas teorias estão erradas. — Jill olhou furiosa para ela. — A porta que usamos dizia "tenha certeza", e eu tenho certeza. Tenho certeza de que quero ser uma vampira. Quero ser forte, linda e *eterna*. Quero saber que ninguém nunca, jamais pode tirar isso de mim. Por que não posso ter isso?

— Você terá — respondeu Mary. — Quando os sinos da Abadia Afogada soarem, você terá. O Mestre vai levá-la até a torre mais alta e vai torná-la cruel e vai torná-la ligeira e, acima de tudo, vai torná-la *dele*. Mas você deve esperar os sinos tocarem, senhorita, você precisa. Sei que é difícil. Sei que não quer esperar. Mas...

— O que *você* sabe, Mary? — vociferou Jill. — Você era uma desgarrada. Isto podia ter sido seu. Você recusou. Por quê?

— Porque eu não queria ser cruel, senhorita. — Tudo parecia um jogo no início, ela e o vampiro no castelo alto, ele oferecendo tudo que ela quisesse, enquanto ela ria e recusava o que não fosse necessário. Parecia um *jogo*.

E depois ele pediu para ser o novo pai dela e para ela ser sua filha, para governar ao lado dele para sempre em fúria e sangue.

E ele revoltou-se com a recusa dela. Os amigos dela sempre desapareciam da vila, e no início isso também parecia um jogo, uma grande conspiração de esconde-esconde... até o dia em que ele arrastou o pequeno Bela na frente dela e disse:

— É isso que acontece com aqueles que se opõem a mim — e rasgou a garganta do menino com os dentes. Às vezes Mary achava que ainda sentia o sangue no próprio rosto.

Mas Jill nunca tinha visto esse lado dele. Jill fora sua pequena princesa preciosa desde o início. Jill andava nas nuvens e sonhava com o vampirismo como se fosse um jogo maravilhoso, ainda achava isso. De jeito nenhum Mary poderia convencê-la do contrário.

O rosto de Jill endureceu.

— Posso ser cruel — disse ela. — Vou mostrar a ele que posso ser cruel, e ele vai ver que não precisamos esperar. Posso ser filha dele agora mesmo.

— Sim, senhorita — disse Mary. — Quer café da manhã?

— Não seja idiota — disse Jill, o que significava "sim". Nesse sentido, pelo menos, a menina já era uma vampira: estava sempre com fome.

— Obrigada, senhorita — disse Mary e saiu o mais rápida e graciosamente possível.

Jill a observou sair, o rosto ainda endurecido. Depois que teve certeza de que ela não ia voltar, foi até o guarda-roupas, abrindo-o para revelar um arco-íris de vestidos em tons pastel. Escolheu o mais claro, um vestido de seda creme que destacava o dourado do seu cabelo e o marfim da sua pele. Era o melhor possível depois do branco, quase um vestido de casamento. Ela ia mostrar a ele que não precisava esperar.

Ia mostrar a ele que já entendia o que significava ser cruel.

Hoje era o aniversário da chegada das duas. O Mestre sem dúvida daria uma festa em sua homenagem quando o sol se pusesse, alguma coisa decadente e grandiosa. Ele podia até convidar os outros vampiros para comentar sobre sua protegida, o quanto havia progredido, como era linda... Sim: seria uma bela festa, e o único jeito de ser melhor era se terminasse com sua morte gloriosa e seu renascimento ainda mais glorioso.

Esperar não fazia sentido. Mesmo que uma porta se abrisse, ela não a atravessaria. Nunca deixaria seu amado Mestre dessa maneira. Tudo que precisava fazer era provar a ele que era séria, que era cruel o suficiente para ser sua filha, e tudo seria perfeito.

Se ia haver uma festa em sua homenagem, algo glorioso e digno da filha de um vampiro, aquele pavoroso dr. Bleak também faria alguma coisa para Jack. Ele tinha que fazer. Todo mundo sabia que ser aprendiz de um cientista maluco não era tão bom quanto ser a filha do Mestre, e isso significava que o dr. Bleak não podia se dar ao luxo de perder uma oportunidade de garantir a lealdade de Jack. Haveria uma festa.

E, se houvesse uma festa, Alexis seria convidada.

O afeto anormal de Jack pela filha do dono da hospedaria não tinha diminuído com o tempo; na verdade, havia se intensificado. Jill as vira juntas muitas vezes. Jack ria quando estava com Alexis. *Ria*, como se não ficasse feio as duas andando pelas Charnecas em camisas e vestidos horrorosos, agindo como se uma dama tivesse lugar no laboratório nojento de um velho cientista maluco. Não era certo. Não era adequado.

Jill podia consertar tudo. Podia colocar a irmã no caminho correto e mostrar ao Mestre que era cruel o suficiente para ser sua filha de verdade, não só no nome. Um único ato melhoraria tudo.

Ela franziu o nariz em aversão antes de pegar uma capa marrom pesada no gancho dentro do guarda-roupas e colocá-la sobre o belo vestido. Odiava cores sem graça e ordinárias, mas era necessário. Sabia o quanto se destacava quando não preocupava-se em ficar incógnita.

Mary ainda estava no andar de baixo, cuidando do café da manhã. Jill escapou pela porta secreta no patamar – todo bom castelo tinha portas secretas – e começou a descer a escada. Tinha feito essa caminhada tantas vezes que conseguia fazê-la de olhos fechados, então deixou sua mente vagar, pensando em como seria maravilhoso quando o Mestre a tomasse em seus braços e lhe revelasse todos os mistérios que a morte tinha a oferecer.

Em breve. Muito em breve.

Saiu por uma pequena porta na base do muro do castelo, isolada e disfarçada por uma dobra na arquitetura. Puxando o capuz sobre a cabeça, andou até a vila, mantendo a capa fechada, sem chamar atenção. Figuras misteriosas de capa eram bastante comuns nas Charnecas. Ninguém prestava muita atenção nelas. Era melhor não interferir com pessoas que podiam estar carregando mensagens secretas para o Mestre ou procurando sacrifícios para levar aos Deuses Afogados.

A vila parecia diferente durante o dia. Menor, mais miserável, *mais imunda*. Jill andava pelas ruas imaginando como as pessoas se afastariam se soubessem quem ela era. Isso quase compensava a sujeira que manchava a barra do vestido, transformando-a de creme em marrom enlameado. Ela não se preocupava com a sujeira tanto quanto Jack, mas não era *elegante*. Era difícil encarnar uma figura apavorante quando parecia ter se esquecido de lavar as roupas.

Os aldeões eram surpreendentemente barulhentos quando não estavam cuidando da língua na presença da filha do Mestre. As pessoas riam e gritavam, negociando e conversando sobre a colheita. Jill franziu a testa sob a segurança do capuz. Elas pareciam *felizes*. Mas tinham vidas curtas e embrutecidas, protegidas apenas pelas graças do Mestre. Chafurdavam na terra e gastavam os dedos até os ossos trabalhando apenas para manter um telhado sobre a cabeça. Como podiam ser *felizes*?

Era uma sequência de pensamentos que poderia tê-la levado a algumas conclusões desagradáveis se continuasse. Esta história poderia ter acabado de um jeito diferente. Uma única revelação não muda uma vida. É só um começo. Porém, ah, a porta da hospedaria se abriu; a filha do dono apareceu vestida com algo que seria considerado refinado entre os aldeões. Seu vestido era verde, o corpete era azul, e as saias eram cortadas de um jeito ousado o suficiente para mostrar seus tornozelos. Havia uma cesta em um dos braços, cheia de pão e vinho e maçãs recém-colhidas.

A mãe, indo até a porta, disse alguma coisa. A menina riu e beijou o rosto da mãe. Depois virou-se e foi em direção ao portão, andando como se não tivesse nenhuma preocupação no mundo.

Com passos leves, Jill a seguiu.

Jill raramente deixava a segurança do castelo e da vila, onde a palavra do Mestre era lei absoluta e ninguém ousaria levantar a mão contra ela. A charneca fora dos muros também era dele, é claro, mas os territórios eram meio nebulosos por lá. Aqueles que andavam descuidados demais sempre corriam o risco de um ataque de lobisomens ou de serem escolhidos como sacrifício para os Deuses Afogados. A caminhada pelo meio das samambaias, portanto, era maculada por uma maldade irrefletida, como se ela estivesse aprontando alguma coisa. Claro que isso provaria como ela era séria!

A filha do dono da hospedaria andava surpreendentemente rápido. Jill só ficava distante o suficiente para não ser percebida.

Alexis tinha crescido à sombra do castelo, ouvindo os lobisomens uivarem à noite e os sinos tocarem na Abadia

Afogada. Era uma sobrevivente. Mas sabia que sua condição como uma das ressuscitadas não a tornava muito atraente aos monstros que ela crescera temendo, e sabia que as gárgulas e os cães fantasmas não vagavam durante o dia. Além disso, estava indo ver a mulher que amava. Estava relaxada. Estava sonhando acordada. Estava descuidada.

Uma mão tocou no seu ombro. Alexis enrijeceu e se virou, preparando-se para o pior. Ela relaxou quando viu o rosto que a encarava por baixo do capuz.

— Jack — disse ela de um jeito simpático. — Achei que você tivesse tarefas a manhã toda.

Jill franziu a testa. Alexis, finalmente percebendo que a mulher atrás dela não estava usando óculos, tropeçou para trás.

— Você não é a Jack — disse ela. — O que está fazendo aqui?

— Tendo certeza — respondeu Jill.

Ela abriu a capa, deixando-a cair nas samambaias, e tirou a faca do corpete avançando com um salto.

Vamos parar por aqui. Há coisas que não precisam ser vistas ou lidas para serem compreendidas; coisas que podem ser explicadas com um único grito e por um jato de sangue pintando os arbustos de vermelho, como rosas e maçãs, vermelho como os lábios da única filha de um vampiro.

Não há nada aqui para nós agora.

# 11

## ... E, DO TÚMULO DELE, UM RAMO SECO

— Ela já *deveria* ter chegado — disse Jack, deixando de lado a serra de ossos que estava afiando com muito cuidado. Seus olhos foram até a porta aberta e para além da Charneca. Alexis não apareceu. — Eu falei que íamos jantar ao cair da noite.

Alexis tinha recebido permissão para dormir no moinho de vento. Teria sido considerado impróprio, mas, com o dr. Bleak de acompanhante, não havia a questão de sua virtude estar em perigo. (Não que os pais dela tivessem alguma ilusão sobre sua virtude ou sobre as intenções de Jack em relação à filha. Apesar da condição de ressuscitada, ambos estavam aliviados de saber que Alexis havia encontrado alguém que cuidaria dela quando eles se fossem.)

O dr. Bleak levantou o olhar da bancada de trabalho.

— Talvez ela tenha parado para pegar flores.

— Na Charneca? — Jack se levantou, pegando o casaco nas costas da cadeira. — Vou procurá-la.

— Paciência, Jack...

— Paciência é uma ferramenta essencial para a mente científica. Não crie um cadáver antes da hora. Eu sei, senhor. Mas também sei que Alexis não é assim. Ela nunca se atrasa. — Jack olhou para o mentor, com uma expressão de quem implora.

O dr. Bleak suspirou.

— Ah, a energia dos jovens — disse ele. — Sim, pode ir procurá-la. Mas seja rápida. As festividades só começam quando você terminar suas tarefas.

— Sim, senhor — disse Jack.

Ela calçou as luvas e saiu apressada, correndo até a porta e descendo pelo caminho do jardim. O dr. Bleak observou-a até Jack ter quase sumido ao longe. Só então fechou os olhos. Ele morava nas Charnecas havia muito tempo. Sabia, ainda melhor do que Jack, que um atraso raramente era algo inocente.

— Que ela esteja viva — sussurrou, reconhecendo que suas palavras eram inúteis assim que as ouviu. Ficou sentado, imóvel, esperando. A verdade seria descoberta em breve.

O vermelho foi a primeira coisa que chamou a atenção de Jack.

As Charnecas eram muito mais complexas do que lhe pareceram naquela primeira noite, quando era jovem, inocente e inconsciente do próprio futuro. Elas eram marrons, sim, repletas de vegetação morta e moribunda. Todos os tons de marrom que existiam podiam ser encontrados nas Charnecas. Porém também eram radiantes com o verde crescente e o dourado suave e com o arco-íris de flores – calêndulas amarelas, urzes azuis e acônitos roxos. A cicuta florescia branca como as nuvens. As dedaleiras tinham a amplitude do espectro do pôr do sol. As Charnecas eram lindas de um jeito próprio e, se sua beleza fosse do tipo silencioso que exigia tempo e introspecção para ser vista, bem, não havia nada de errado nisso. A melhor beleza era do tipo que exigia um pouco de busca.

Mas nada vermelho crescia nas Charnecas. Nem morangos nem cogumelos venenosos. Estes só eram encontrados nos arredores da floresta mantida pelos lobisomens ou em jardins particulares, como o do dr. Bleak. As Charnecas eram um território neutro, de certa maneira, divididas entre tantos monstros que eles não podiam se dar ao luxo de sangrar. O vermelho era uma anomalia. O vermelho era uma consequência.

Jack começou a andar mais rápido.

Quanto mais se aproximava, mais claro ficava o vermelho. Era como se tivesse explodido de uma única fonte, derramado com deleite desumano por quem tinha segurado a faca. Havia um corpo no centro de tudo, um corpo macio e cheio de curvas, exuberante nos seios e com quadris generosos. Um corpo... um corpo...

Jack parou de repente, os olhos fixos não no corpo, mas na cesta que havia caído bem na fronteira da carnificina. Uma parte do pão estava salpicada de sangue, mas a maçãs já eram vermelhas; não havia como saber se estavam limpas. Não havia como.

Devagar, Jack caiu de joelhos no meio das samambaias, pelo menos uma vez na vida foi descuidada com a possibilidade de manchas de lama ou grama. Seus olhos se arregalaram enquanto ela encarava a cesta, nunca olhando além; nunca olhando para aquilo que ela não queria ver.

Vermelho. Tanto vermelho.

Quando começou a uivar, era o lamento sem sentido de alguém que foi empurrado para fora do seu ponto de ruptura e encontrou refúgio nas cavernas reconfortantes da própria mente. Na vila, as pessoas reuniram os filhos, tremendo, e fecharam as janelas. No castelo, o Mestre se agitou no sono, incomodado por motivos que não conseguia identificar.

No moinho de vento, o dr. Bleak se levantou, a tristeza entranhada em suas feições, e foi buscar sua maleta. As coisas continuariam como sempre. Era tarde demais para controlá-las ou evitá-las. Tudo que ele podia fazer era esperar que eles sobrevivessem.

Jack ainda estava de joelhos no meio das samambaias quando o dr. Bleak apareceu atrás dela, as botas amassando os caules secos. Ele não fez nenhum esforço para minimizar o som dos passos; queria que ela o ouvisse se aproximando.

Jack não reagiu. Seus olhos estavam grudados nas maçãs. Tão vermelhas. Tão vermelhas.

— O sangue deve ficar mais escuro quando secar — disse ela, a voz entorpecida. — E assim vou poder dizer quais estão sujas. Vou poder dizer quais podem ser salvas.

— Sinto muito, Jack — disse o dr. Bleak baixinho. Ele não compartilhava sua sensibilidade; compreensível, considerando a juventude dela e o quanto gostava de Alexis. Ele permitiu que seus olhos rastreassem a extensão do corpo da menina morta, notando os cortes profundos, a perda de sangue, os locais onde parecia que a carne tinha sido arrancada com brutalidade.

Segundas ressurreições eram sempre difíceis, mesmo quando o corpo estava em condições perfeitas. Alexis... Ela estava tão destruída que o dr. Bleak não tinha certeza se teria sucesso nem se ela seria a mesma caso ele conseguisse. Às vezes, aqueles que morriam duas vezes voltavam como imbatíveis monstruosidades científicas.

— Eu faço, se você me pedir — disse ele abruptamente. — Você sabe que eu faço. Mas espero que me ajude se der errado.

Jack levantou a cabeça, virando-se lentamente para olhar para seu mentor.

— Não me importo se der errado — disse ela. — Eu só... Não pode terminar desse jeito.

— Então siga o sangue, Jack. Se uma besta tiver levado o coração dela, quero que ele esteja intacto. Quanto mais carne original tivermos para trabalhar, maiores as chances de trazê-la de volta inteira.

Isso era verdade, mas também era uma distração conveniente. O dr. Bleak conhecia o suficiente sobre corpos para saber que Alexis revelaria mais ferimentos quando fosse levantada. Os mortos sempre faziam isso. Se ele pudesse poupar Jack da visão...

Poupar Jack nunca tinha sido o objetivo dele. Se a menina quisesse sobreviver nas Charnecas, precisava entender o mundo onde havia caído. No entanto, uma coisa era prepará-la para o futuro, outra coisa era ser cruel. Ele não via problema nenhum em fazer o primeiro. E nunca faria o segundo. Não se pudesse evitar.

— Sim, senhor — respondeu Jack e levantou-se cambaleando, começando a seguir as gotas de sangue pelo solo exposto.

Tinha passado tantos anos procurando a menor pista de sujeira que não teve absolutamente nenhuma dificuldade em seguir um rastro de sangue. Estava tão concentrada nos próprios pés que não ouviu o dr. Bleak gemer ao levantar o corpo de Alexis, colocá-lo nos ombros e carregá-lo de volta até a sombra distante do moinho de vento.

Jack andou e andou até chegar ao muro da vila. O portão estava aberto. O portão muitas vezes ficava aberto durante a parte clara do dia. O som de vozes alteradas lá dentro, no entanto, era incomum. Parecia que as pessoas estavam gritando.

Ela entrou pelo portão. O barulho tomou forma e significado:

— Animal!

— Monstro! *Monstro!*

— *Matem a bruxa!*

Jack parou onde estava, franzindo a testa enquanto tentava dar sentido à cena. Parecia que metade da vila estava em pé na praça, com os punhos erguidos de raiva. Alguns seguravam facas ou forcados; uma alma ousada tinha conseguido uma tocha. Ela teria admirado o espírito confiante, se não fosse a figura no centro da multidão:

Jill, com uma expressão confusa no rosto, o sangue grudando o vestido transparente ao corpo, de modo que ela parecia ter simplesmente saído para nadar. Seus braços estavam vermelhos até o cotovelo; as apavorantes mãos, lambuzadas de vermelho, pareciam enluvadas.

A sra. Chopper abriu caminho empurrando a multidão, gritando em tom agudo:

— *Demônio!* — E jogou um ovo em Jill. Ele atingiu a parte da frente do vestido e explodiu, acrescentando uma mancha amarela ao vermelho.

Os olhos de Jill se arregalaram.

— Você não pode fazer isso — disse ela, com uma voz surpreendentemente infantil. — Sou filha do Mestre. Você não pode fazer isso comigo. Não é *permitido*.

— Você ainda não é filha dele, sua tola — vociferou uma nova voz: uma voz conhecida. Jack e Jill se viraram em uníssono inconsciente e viram Mary em pé à beira da multidão, bloqueando a entrada de Jill no castelo. — Eu avisei para você ser paciente. Falei que a sua hora chegaria. Mas você tinha que apressar as coisas, não é? Eu avisei que ele não fez nenhum favor a você ao mimá-la.

— Você me disse para ser cruel! — protestou Jill, fechando as mãos ensanguentadas e formando punhos. — Você disse que ele precisava que eu fosse cruel!

— O Mestre se alimenta da vila, mas também os protege — retrucou Mary com frieza. — Você matou sem a permissão e a bênção dele. Você não é uma vampira e não tinha esse direito. — Ela ergueu o queixo levemente, voltando sua atenção para a multidão. — O Mestre revogou a proteção da residência dele. Podem fazer o que quiserem com ela.

Um rugido baixo e perigoso espalhou-se pela multidão. Era o som que um animal fazia antes de atacar.

Talvez Jack pudesse ser perdoada se desse as costas para a irmã desnorteada, ainda vestida com o sangue de sua amada. *Se* ela tivesse se afastado. Eram circunstâncias extraordinárias, afinal de contas, e, embora Jack fosse uma menina extraordinária, tinha apenas dezessete anos. Teria sido compreensível ela guardar rancor, mesmo que se arrependesse depois.

Ela olhou para Jill e lembrou-se de uma menina de doze anos usando calça jeans, cabelo curto espetado na nuca, tentando convencê-la a participar de uma aventura. Lembrou-se de como tivera medo de deixar a irmã para trás, mesmo que isso tivesse significado salvar as duas. Por fim, lembrou-se de Vovó Lou quando eram pequenas – tão pequenas! –, dizendo para cuidarem uma da outra, mesmo quando estivessem com raiva, porque família era algo que nunca podia ser substituído.

Ela se lembrou de amar a irmã no passado, muito, muito tempo atrás.

A multidão observava Jill em busca de sinais de que ela estivesse se preparando para fugir. Eles só não esperavam que Jack abrisse caminho até o centro do círculo, agarrasse a mão de Jill e corresse. A surpresa foi suficiente para as duas meninas chegarem à margem da multidão, Jack arrastando a irmã, lutando para o sangue não fazê-la soltar a mão dela. Jill estava estranhamente dócil, sem resistir aos esforços de Jack para puxá-la. Era como se estivesse em choque.

*Tornar-se uma assassina e ser renegada no mesmo dia pode provocar uma reação dessas,* pensou Jack, desnorteada, e continuou correndo, mesmo quando os primeiros sons de perseguição começaram a surgir atrás das duas. Tudo que importava agora era escapar. O resto podia acontecer depois.

# 12

## TUDO QUE VOCÊ NUNCA DESEJOU

Veja as duas meninas agora – quase mulheres, mas ainda não, não ainda – correndo de mãos dadas pelas vastas e implacáveis Charnecas. Uma está usando uma saia que se enrola nas samambaias e rasga. A outra está usando calças, sapatos robustos e luvas para protegê-la do mundo ao redor. Ambas correm como se suas vidas dependessem disso.

Atrás delas, um rio de raiva, dividido em corpos humanos individuais, correndo com a fúria imbatível da multidão. Muitas tochas foram encontradas e acesas; mais forcados foram liberados. Em um lugar como este, sob um céu como este, tochas e forcados são as armadilhas nativas dos enraivecidos. Aparecem sem que ninguém peça e, quanto mais elas existem, mais profundo o perigo.

A multidão cintila como um céu estrelado com as chamas individuais de sua ira. O perigo é muito real.

Jack corre, Jill a segue. Ambas estão chorando, uma pela sua amada florescendo em vermelho como uma rosa na charneca vazia, a outra pelo pai adotivo, que deveria ter ficado tão orgulhoso dela e, em vez disso, rejeitou-a. Se nossa simpatia for maior pela primeira, bem, somos humanos; só podemos ver a cena com olhos humanos e julgar do nosso jeito.

Elas correm e a multidão as persegue. Enquanto isso, a lua nascente observa, pois a história está quase acabando.

O dr. Bleak cobriu Alexis com uma lona cheia de óleo quando ouviu passos fortes no caminho do jardim. Ele esperou ver Jack, e ficou surpreso quando viu não apenas sua aprendiz, mas também sua irmã ensanguentada. Atrás das duas, o volume furioso da multidão aproximava-se, delineada pelo brilho das tochas.

— Jack — disse ele. — O que...?

— O Mestre revogou a proteção dela assim que os aldeões viram o que Jill fez com Alexis — explicou Jack, ainda correndo, puxando a irmã para dentro do moinho de vento. Sua voz era clara e fria. Se ele não a conhecesse tão bem, poderia não ter percebido o quanto tremia. — Eles vão matá-la.

Jill soltou um grito agudo poderoso e puxou a mão com força, deixando o sangue ainda escorregadio fazer seu trabalho.

— Isso não é verdade! Ele me ama! — gritou ela, e virou-se para correr.

De algum jeito, o dr. Bleak já estava com um pano branco na mão. Ele o colocou e o segurou sobre o nariz e a boca de Jill. Esta soltou um ruído choramingado desesperado, como um gatinho protestando contra a hora de dormir, e lutou por alguns segundos antes de perder a força nos joelhos e cair encolhida.

— Jack, rápido — disse ele, batendo a porta com força. — Não temos muito tempo.

Obediência foi a primeira coisa que o dr. Bleak treinou nela: não obedecer podia resultar em consequências desagradáveis, muitas das quais seriam fatais para uma criança, como ela de fato era. Jack correu para o lado de Jill, pegando a irmã inconsciente nos braços. As duas eram da mesma altura, mas Jill parecia não pesar absolutamente nada, como se não passasse de poeira e plumas.

— Temos que escondê-la — disse Jack.

— Escondê-la não é o suficiente — retrucou o dr. Bleak. Ele pegou uma pequena máquina na bancada de trabalho e foi em direção à porta dos fundos do moinho de vento. — Você foi uma excelente aprendiz, Jack. Esperta e com mãos incrivelmente talentosas. Você foi tudo que eu pedi. Sinto muito por isso ter acontecido.

— O que quer dizer com isso, senhor?

O estômago de Jack encolheu. Estava segurando a irmã adormecida, coberta com o sangue da sua namorada morta, e a vila estava marchando para o moinho de vento com tochas e forcados. Ela poderia ter dito que esta noite não podia piorar. De repente, teve uma certeza terrível de que podia.

*Já vi esse filme*, pensou ela, quase de maneira absurda. *Mas não fomos nós que criamos o monstro. O Mestre fez isso. Somos apenas aqueles que a amaram.*

Só que não eram nem isso, eram? No início, o dr. Bleak teria salvado Jill em vez de Jack, porque tinha visto Jack como uma escolha mais lógica para um lorde vampiro. Isso não significava que a conhecia ou se importava com ela. O tempo é a alquimia que transforma compaixão em amor, e Jill e o dr. Bleak nunca tiveram tempo. Se alguém neste cômodo amava Jill, esse alguém era Jack, e o pior de tudo era que ela não teria sequer isso se não fosse por Alexis. Os pais das duas nunca lhes ensinaram a amar uma à outra. Qualquer conexão que tinham fora apesar dos adultos em suas vidas, não por causa deles.

Jill tinha corrido para o Mestre. Embora pudesse ser a que se sentira abandonada, também era a que nunca havia olhado para trás. Ela queria ser filha de um vampiro, e vampiros não amavam o que eram obrigados a compartilhar. Jack tinha ficado com o dr. Bleak, e ele se importara com ela, cuidara dela e lhe ensinara muito, mas nunca a estimulara a *amar*.

Isso foi coisa de Alexis. Alexis, que tinha caminhado com ela pela vila, apresentando-a às pessoas que antes eram apenas rostos passando, contando sobre a vida delas até que ela não conseguiu deixar de reconhecê-las como pessoas. Alexis, que havia chorado e rido com ela, e sentido tristeza pela irmã dela, presa e sozinha no castelo. Fora Alexis que colocara Jill de volta em um contexto humano, e ver a irmã apavorada e abandonada foi o que fez Jack perceber que ainda a amava.

Sem Alexis, ela poderia ter esquecido como amar. Jill ainda teria matado – um aldeão ou outro, alguém lento demais para sair de seu caminho –, mas Jack não a teria salvado.

O pior de tudo era saber que, sem Alexis, quem estivesse no seu lugar teria sido adequadamente vingada.

— Quero dizer que eles vão matá-la se a encontrarem aqui, e podem acabar matando você também. Você lhes daria uma rara segunda chance de cometer o mesmo assassinato. — Ele bateu com o dispositivo na porta, grudando os "pés" pontudos na madeira, e começou a girar ponteiros. — O Mestre teve que repudiá-la para impedir que eles entrassem no castelo, pois até mesmo vampiros têm medo de fogo, mas não vai perdoá-los por matar a filha dele. Ele vai queimar a vila e destruí-la. Já aconteceu antes. Você fez bem em trazê--la para cá. O único jeito de salvá-los é salvá-la.

— Senhor, o que isso tem a ver com...?

— As portas são o maior mistério científico que nosso mundo tem a oferecer — disse o dr. Bleak. Ele pegou um pote com relâmpago cativo e esmagou na moldura da porta. Faíscas encheram o ar. O dispositivo zumbiu e de repente criou vida, os ponteiros girando loucamente. — Você achou mesmo que eu não encontraria um jeito de dominá-las?

Os olhos de Jack se arregalaram.

— Nós podíamos ter voltado a qualquer momento? — quis saber, em uma voz que mal passava de um grunhido.

— Vocês podiam ter voltado — concordou ele. — Mas não iriam para casa.

Jack olhou para a irmã, silenciosa e ensanguentada, e suspirou.

— Não — disse ela. — Não iríamos.

— Fique longe pelo menos um ano, Jack. Você precisa. Um ano é o tempo necessário para uma multidão se dissipar por aqui. Ressentimentos vão contra a sobrevivência. — Eles agora ouviam os gritos lá fora. As chamas viriam em seguida. — O sangue vai abrir a porta, o seu ou o dela, contanto que esteja nas *suas* mãos. Deixe-a para trás ou mate-a e traga seu corpo, mas ela não pode voltar para cá como está. Entendeu? *Não* traga sua irmã para cá viva.

Os olhos de Jack arregalaram-se ainda mais, até os músculos ao redor doerem.

— Você está mesmo me mandando embora? Mas eu não fiz nada de errado!

— Você negou o assassinato à multidão. Aqui, isso é mais do que suficiente. Vá, fique longe por um tempo, e volte se ainda quiser. Este sempre, sempre será o seu lar. — Ele olhou triste para ela. — Vou sentir sua falta, aprendiz.

— Sim, senhor — sussurrou Jack, o lábio inferior tremia devido ao esforço de se impedir de cair no choro. Não era justo. Não era *justo*. Foi Jill quem quebrara as regras, e agora era Jack quem estava prestes a perder tudo.

O dr. Bleak abriu a porta. O que deveria ser uma vista para o jardim dos fundos era, em vez disso, uma escadaria de madeira, serpenteando lentamente para cima na escuridão.

Jack respirou fundo.

— Eu vou voltar — prometeu.

— Volte — disse ele.

Ela entrou pela porta. Ele a fechou em seguida.

# 13

## MIL QUILÔMETROS DE PRIVAÇÕES ENTRE AQUI E NOSSA CASA

Descer os degraus como uma menina de doze anos foi cansativo, mas possível: o trabalho de horas, a diversão de uma tarde.

Subir os degraus como uma menina de dezessete anos, a irmã fraca e adormecida nos braços, foi bem mais difícil. Jack subia de maneira metódica, tentando se concentrar em todas as tarefas repetitivas e aparentemente insignificantes que o dr. Bleak lhe designara ao longo dos anos. Ela havia passado tardes inteiras separando girinos por mínimas gradações de cor, removendo todas as sementes de morangos crescidos na floresta ou aparando todos os espinhos de um arbusto de amoras. Cada uma dessas tarefas tinha sido irritante enquanto era realizada, mas a deixara mais adequada à sua missão. Então: a que isso a tornava mais adequada?

Trair a menina que a amava, que estava morta nas Charnecas, que assim poderia ficar, agora que o dr. Bleak não tinha uma aprendiz para ajudá-lo.

Carregar a irmã, que havia lhe custado tudo, para longe da maldição que ela conquistara.

Abrir mão de tudo que ela finalmente descobrira que queria.

Nenhuma dessas era algo para que ela *queria* ser adequada, mas eram a resposta do mesmo jeito. Jack balançou a cabeça para secar as lágrimas e continuou subindo.

Os degraus ainda eram velhos, ainda eram sólidos, ainda eram empoeirados; aqui e ali, ela achava que via os fantasmas de suas próprias pegadas infantis, descendo enquanto ela subia. Simplesmente fazia sentido. Não houvera nenhum desgarrado nas Charnecas desde que Jill e ela chegaram. Talvez aparecesse outro agora, já que o cargo não estava ocupado. Cada respiração devia absorver milhões de partículas de poeira. A ideia era nojenta.

Elas estavam na metade da subida quando Jill se mexeu, abrindo os olhos e olhando confusa para Jack.

— Jack? — gemeu ela.

— Você consegue andar? — respondeu Jack bruscamente.

— Eu... Onde estamos?

— Na escadaria. — Jack parou de andar e soltou Jill, sem cerimônia, de bunda no chão. — Se você consegue fazer perguntas, consegue andar. Estou cansada de carregar você.

Jill piscou para ela, os olhos arregalados e chocados.

— O Mestre...

— *Não* está aqui, Jill. Estamos na escadaria. Você se lembra da escadaria? — Jack acenou os braços, mostrando tudo que estava ao redor. — As Charnecas nos expulsaram. Estamos voltando.

— Não! *Não!* — Jill deu um salto e ficou de pé, tentando se lançar para baixo.

Jack foi mais rápida do que ela. Envolveu o braço na cintura da irmã, puxando-a e lançando-a para a frente.

— *Sim!* — gritou ela.

A cabeça de Jill bateu com força em alguma coisa. Ela parou, esfregando-a, e depois se virou, em lenta confusão, para tocar no ar atrás de si. Ele se ergueu, como um alçapão – como a tampa de um baú –, e revelou um quarto pequeno e empoeirado que ainda tinha o cheiro, bem fraquinho, do perfume de Vovó Lou.

— Os degraus para baixo sumiram — disse a voz de Jack, embotada e sem demonstrar surpresa. — É melhor você sair antes que sejamos empurradas para fora.

Jill saiu. Jack a seguiu.

As duas ficaram paradas ali por um longo instante, aproximando-se inconscientemente uma da outra enquanto olhavam para o quarto que tinha pertencido à primeira cuidadora das duas, que tinha sido tão familiar, antes de ambas mudarem. O baú se fechou com força. Jill soltou um gritinho e mergulhou nele, abrindo a tampa. Jack observou quase indiferente.

Dentro do baú havia um emaranhado de roupas velhas e enfeites, o tipo de coisa que a avó amorosa separava para as netas se divertirem. Nada de escadaria. Nada de porta secreta.

Jill enfiou as mãos ensanguentadas nas roupas, jogando-as para fora. Jack permitiu que ela fizesse isso.

— Tem que estar aqui! — lamentou Jill. — *Tem* que estar!

Não estava.

Quando Jill finalmente parou de escavar e baixou a cabeça para chorar, Jack colocou a mão no ombro dela. Jill olhou para cima, tremendo, sofrendo. Ela nunca havia aprendido a arte de pensar por conta própria.

*Fiz a escolha certa e sinto muito por tê-la deixado*, pensou Jack. Em voz alta, ela disse:

— Venha.

Jill se levantou. Quando Jack pegou sua mão, ela não resistiu.

A porta estava trancada. A chave que Jack carregava no bolso, a chave que tinha carregado durante cinco longos anos, se encaixava perfeitamente. Ela girou e a porta se abriu. Elas estavam, no sentido mais estrito e mais acadêmico, em casa.

A casa em que tinham morado nos primeiros doze anos de vida (não a casa em que tinham crescido, não. Elas envelheceram ali, mas cresceram muito pouco) era familiar e desconhecida ao mesmo tempo, como andar por um livro de histórias. O carpete era macio demais sob pés acostumados aos pisos de castelo de pedra e à terra batida; o ar tinha um cheiro doce enjoativo, em vez de flores frescas ou produtos químicos honestos. Quando as duas chegaram ao térreo, estavam andando tão próximas que não importava se as mãos não se tocavam; elas ainda estavam muito unidas.

Havia uma luz na sala de jantar. Elas a seguiram e encontraram os pais sentados à mesa, com um menino pequeno e impecavelmente arrumado. As duas pararam na porta, ambas olhando estupefatas para esse pequeno e fechado círculo familiar.

Serena as percebeu primeiro. Soltou um grito agudo, saltando da cadeira.

— Chester!

Chester se virou, abrindo a boca para gritar com as intrusas. Mas uma das meninas estava coberta de sangue, e ambas pareciam ter chorado. E tinha alguma coisa nelas...

— Jacqueline? — sussurrou ele. — Jillian?

E as duas meninas se juntaram e choraram, enquanto, do lado de fora, a chuva caía como uma punição, e nada jamais seria igual.

# SOBRE A AUTORA

Seanan McGuire nasceu em Martinez, na Califórnia, e foi criada em uma ampla variedade de locais, a maioria deles dotada de algum tipo de vida selvagem perigosa. Apesar de sua atração quase magnética por qualquer coisa venenosa, ela, de alguma forma, conseguiu sobreviver por tempo suficiente para adquirir uma máquina de escrever, um domínio razoável da língua inglesa e o desejo de combinar os dois. O fato de não ter sido morta por usar sua máquina de escrever às três da manhã provavelmente é mais impressionante do que não ter morrido por uma picada de aranha.

Descritos muitas vezes como um vórtice de surrealismo, muitos dos casos de Seanan terminam com coisas como "e aí nós conseguimos o antídoto", ou "mas tudo bem, porque acabou que a água não era tão profunda assim". Ela ainda está para ser derrotada em um jogo de "Quem aqui foi picado/mordido pela coisa mais estranha?" e é capaz de se divertir durante horas com quase qualquer coisa. "Quase qualquer coisa" inclui pântanos, longas caminhadas, longas caminhadas *em* pântanos, coisas que vivem nos pântanos, filmes de terror, ruídos estranhos, peças musicais, *reality shows*, histórias em quadrinhos, encontrar moedas de centavos nas ruas e répteis venenosos. Talvez ela seja a única pessoa no planeta Terra a admitir que usou o livro *Filmes de terror dos anos de 1980*, de John Kenneth Muir, como guia para marcar os filmes que via.

Seanan é autora das séries de fantasia urbana October Daye e InCryptid, e de vários outros trabalhos, tanto em livros únicos quanto trilogias ou duologias. Caso isso não seja o bastante, ela também escreve sob o pseudônimo Mira Grant.

Em seu tempo livre, Seanan grava CDs de suas músicas de fã originais, ligadas à ficção científica e à fantasia. Também é cartunista, e desenha uma webcomic autobiográfica com postagens irregulares chamada "With Friends Like These..." [Com amigos assim...], além de produzir um número verdadeiramente ridículo de cartões artísticos. Por incrível que pareça, ela encontra tempo para fazer caminhadas que duram várias horas e postagens regulares em seu blog, assistir a uma quantidade doentia de programas de TV, manter seu website e ver praticamente qualquer filme que tenha as palavras "sangue", "noite", "terror" ou "ataque" no título. A maior parte das pessoas acredita que ela não durma.

Seanan vive em uma antiga casa de fazenda cheia de rangidos no norte da Califórnia, que ela divide com seus gatos, Alice e Thomas, uma vasta coleção de bonecas sinistras e filmes de terror, além de livros em quantidade suficiente para qualificá-la como um risco de incêndios. Ela tem crenças firmes e frequentemente expressas sobre as origens da Peste Negra, dos X-Men e da necessidade de motosserras no dia a dia.

Depois de anos escrevendo *blurbs* para livros de programas de convenções, Seanan adquiriu o hábito de escrever todas as suas biografias em terceira pessoa, para que soem levemente menos bobas. Ênfase no "levemente". É bem provável que não ajude o fato de ela ter tantos hobbies assim.

Seanan foi a ganhadora do Prêmio John W. Campbell de Melhor Autora Estreante em 2010, e seu romance *Feed* (como Mira Grant) foi nomeado um dos Melhores Livros de 2010 pela *Publishers Weekly*. Em 2013, ela se tornou a primeira pessoa a ser indicada cinco vezes na mesma edição do prêmio Hugo.

Seananmcguire.com

Esta obra foi composta pela Desenho Editorial
em Caslon Pro e impressa em papel Pólen Soft
70g com revestimento de capa em Couché
Brilho 150g pela Gráfica Santa Marta para
Editora Morro Branco em abril de 2019